よったん、

明日元気になーれ

武藤 裕

1981.4　大阪より上京した義母と3人、初めてよったんとの写真を撮る

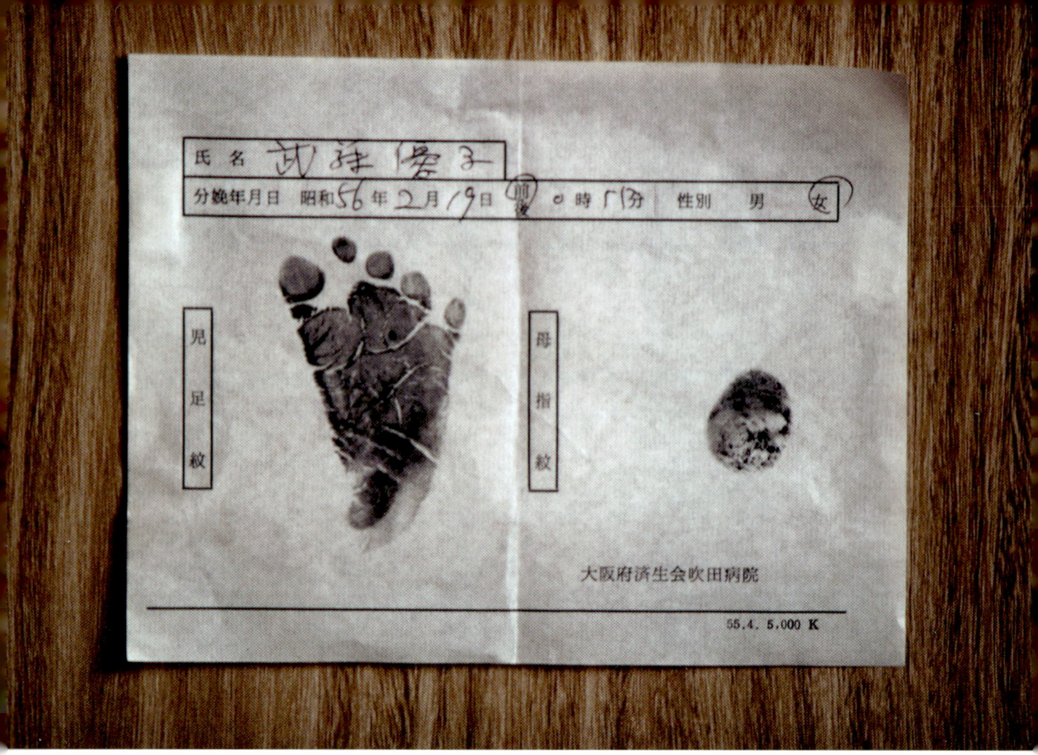

1981.4　出生時のよったんの足紋

1981.5　義母と4人、お弁当を持って近くの公園に行く

JOYUP

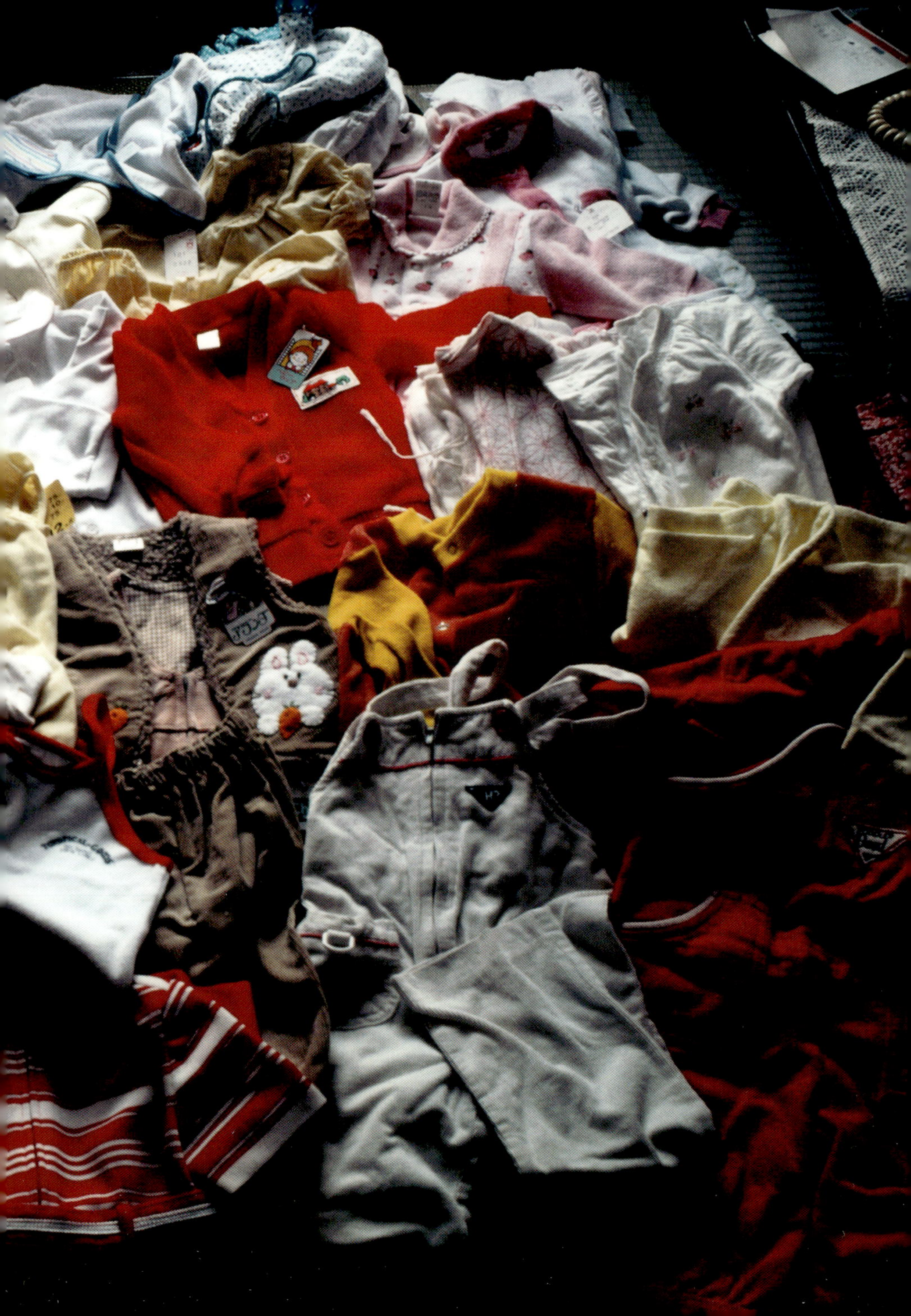

日本カイロ

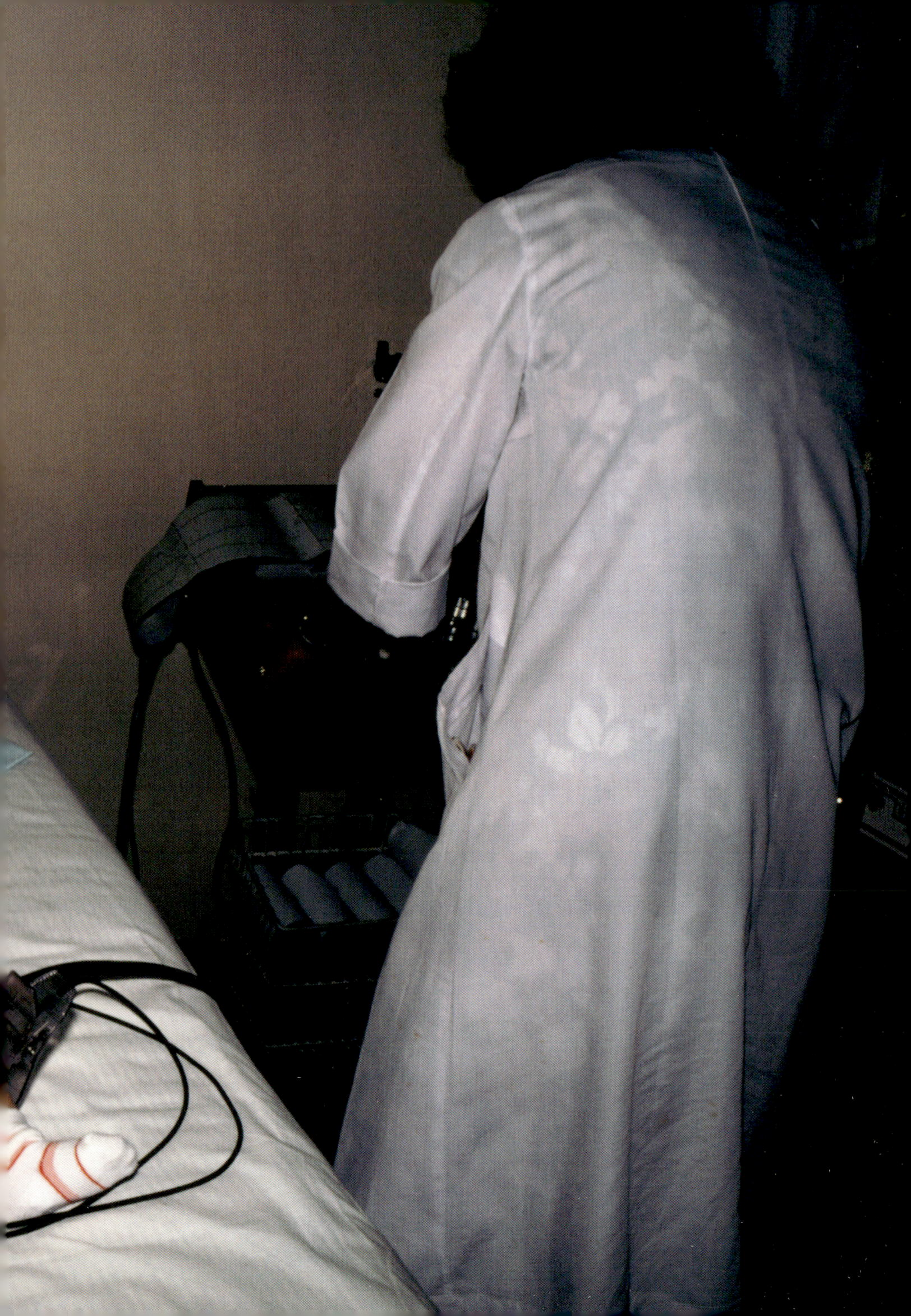

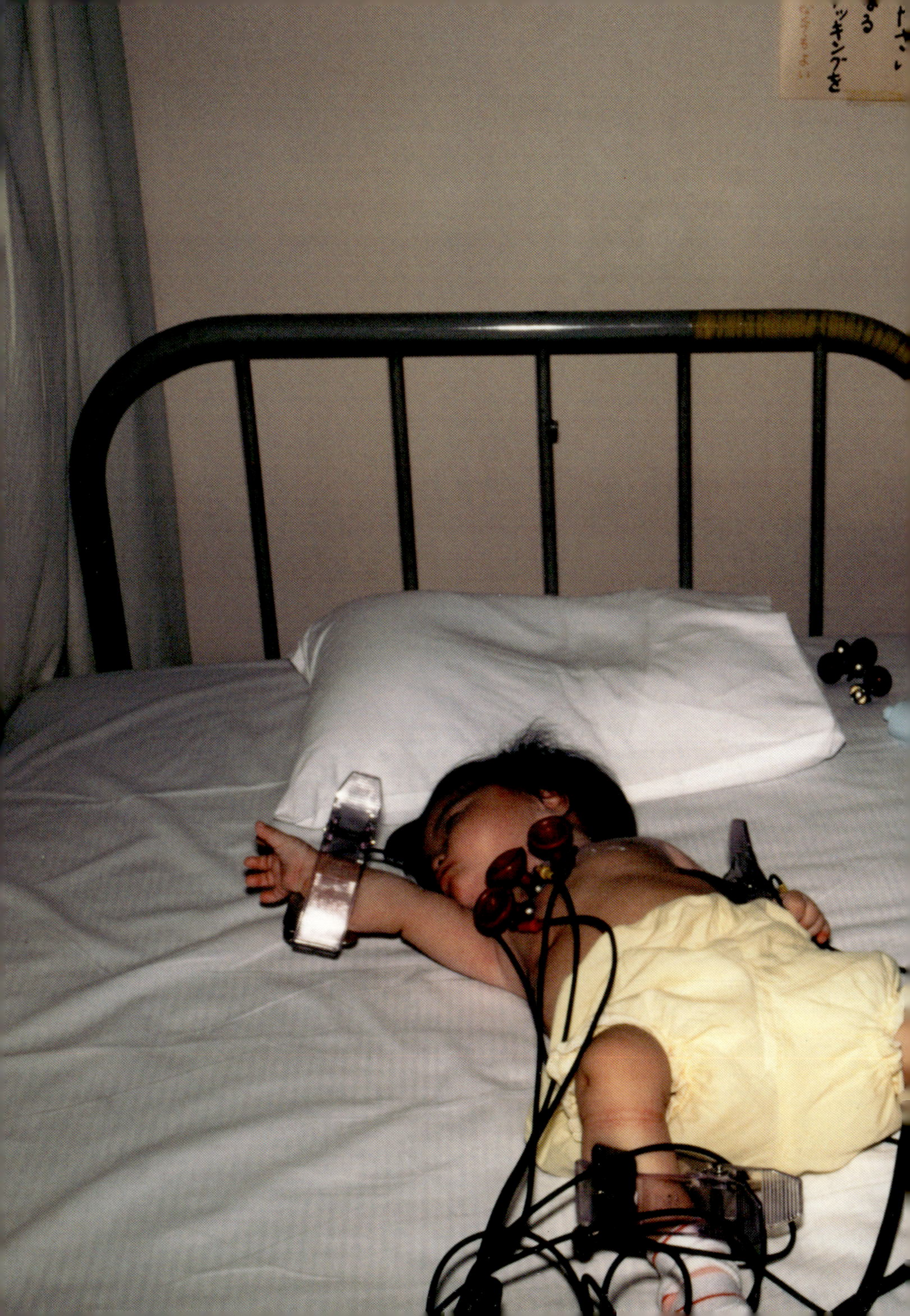

1981.10　近くの昭和大学病院で心電図検査
1981.10　飲み薬がこんなに増えてしまう
1981.11　新宿御苑にて

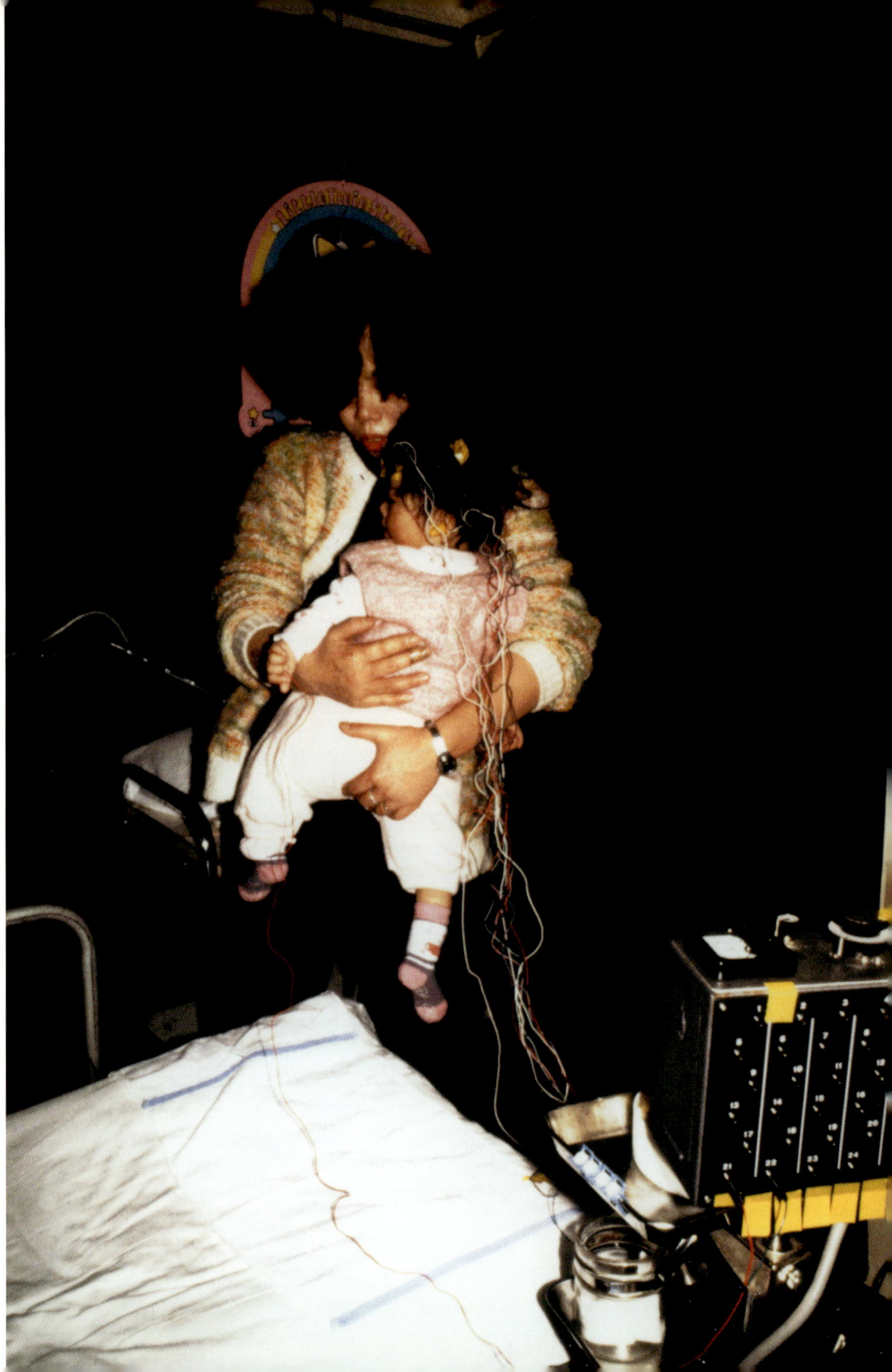

1982.2　昭和大学病院で脳波検査
1982.1　正月、妻の実家大阪を訪ね、いとこたちと

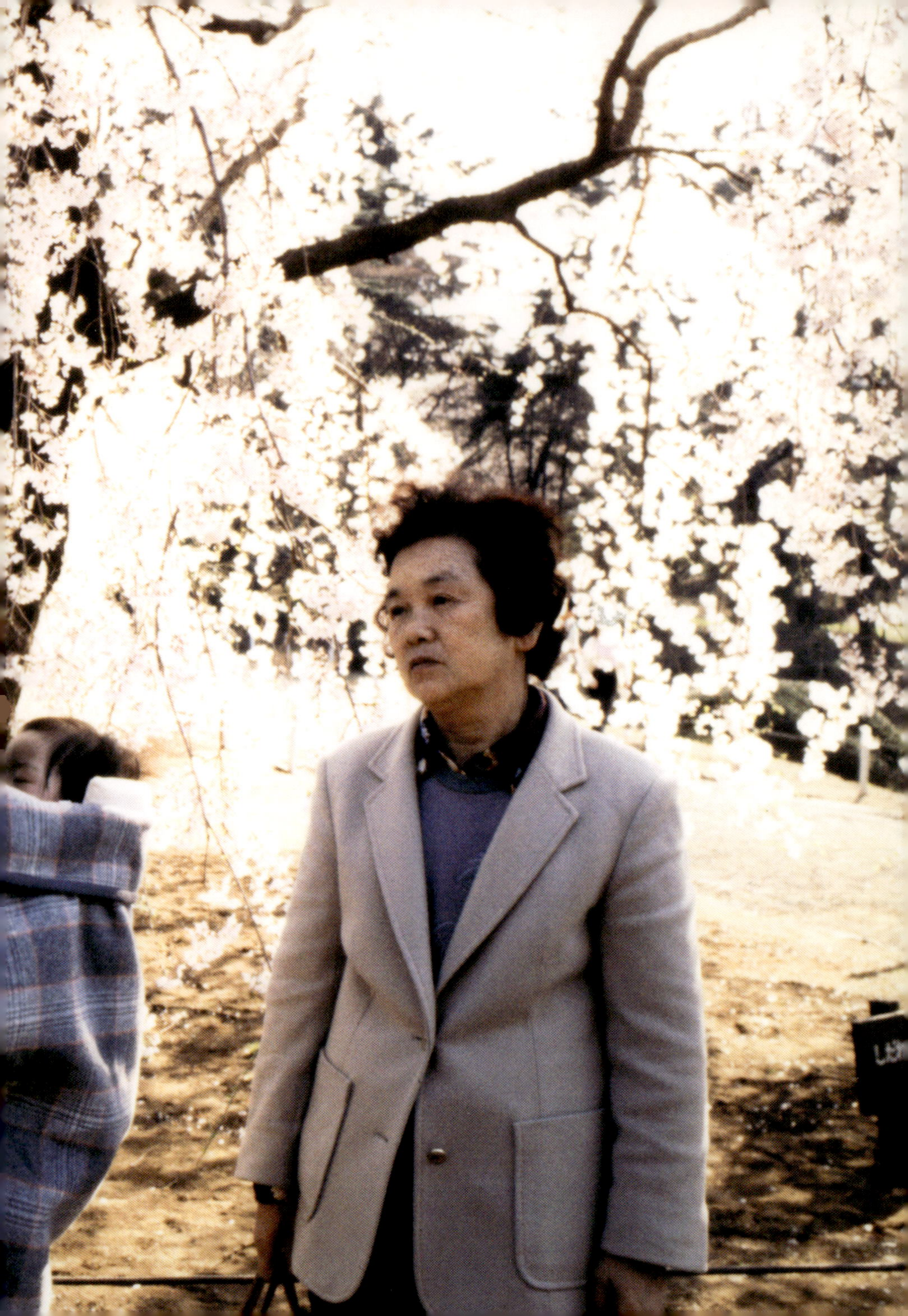

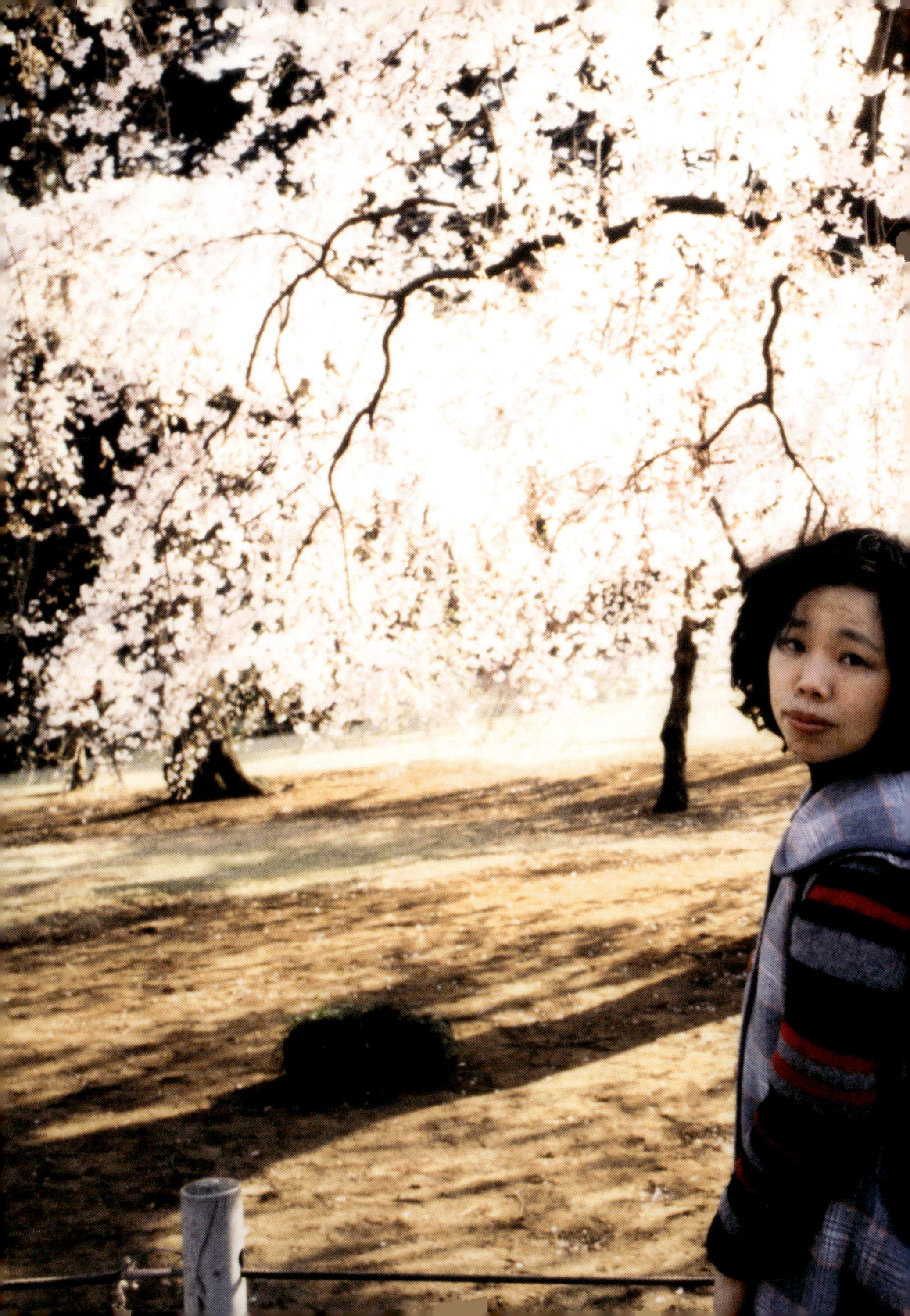

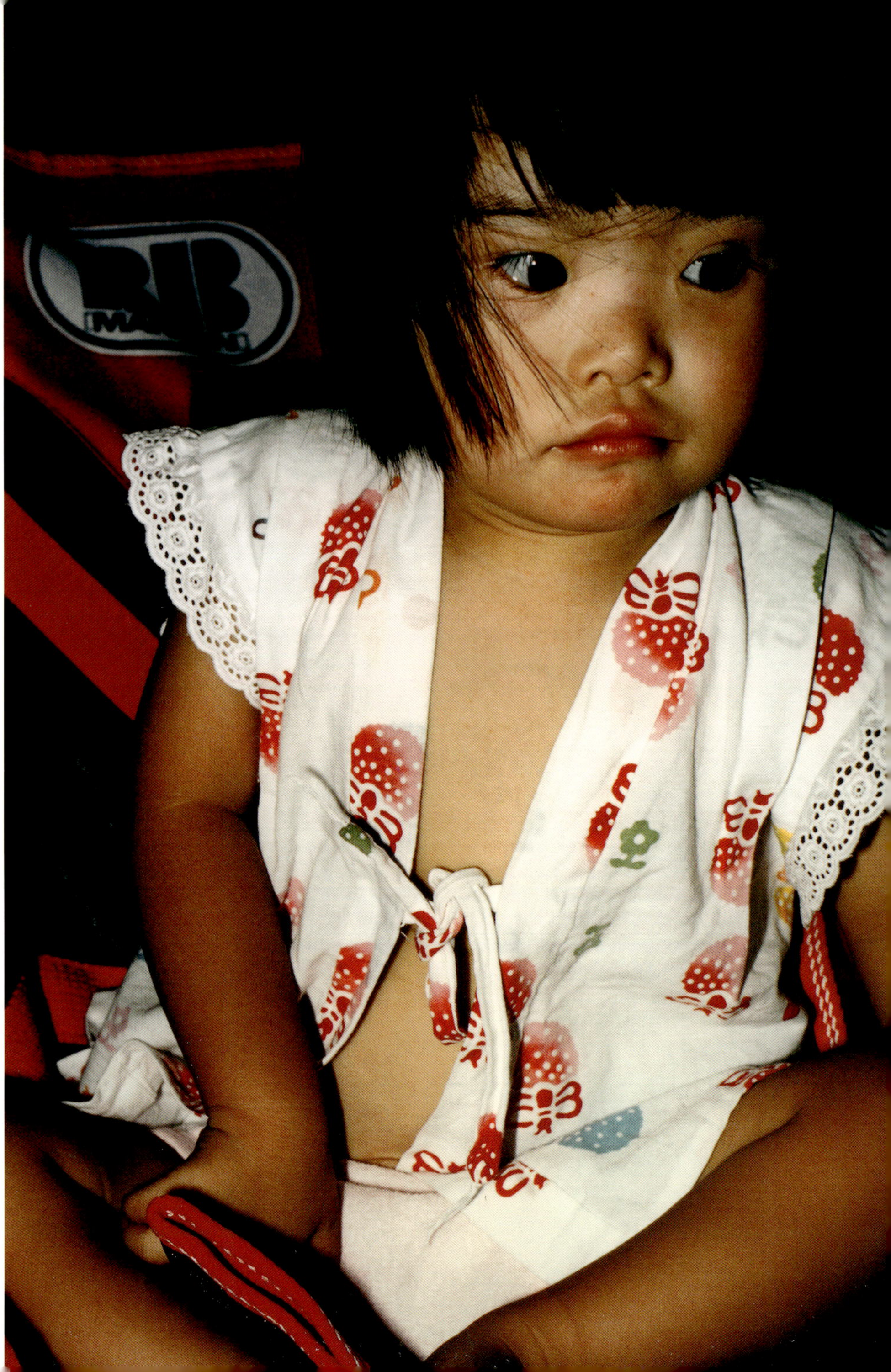

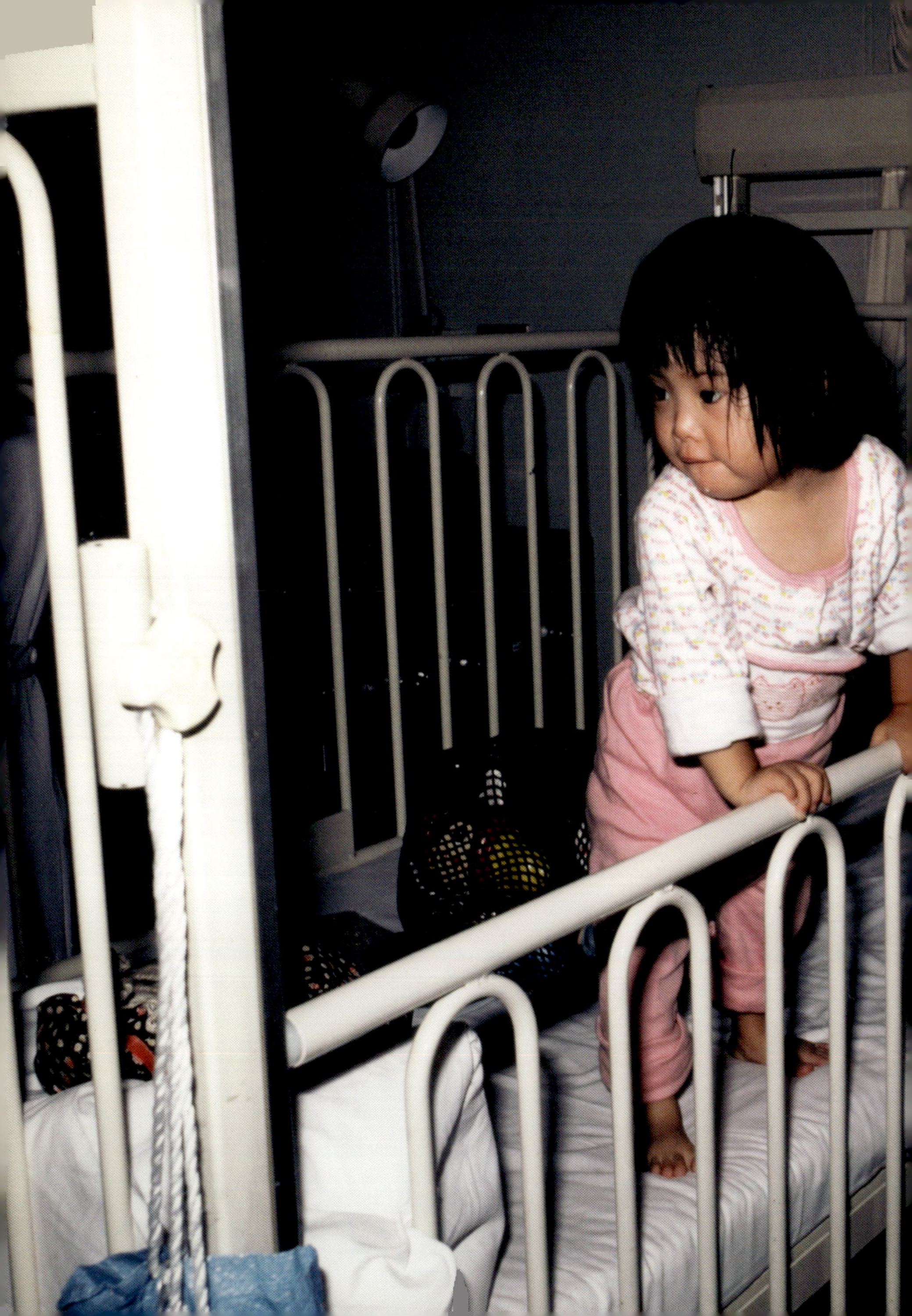

1982.9　昭和大学病院に検査入院
1982.10　豊島園に遊ぶ

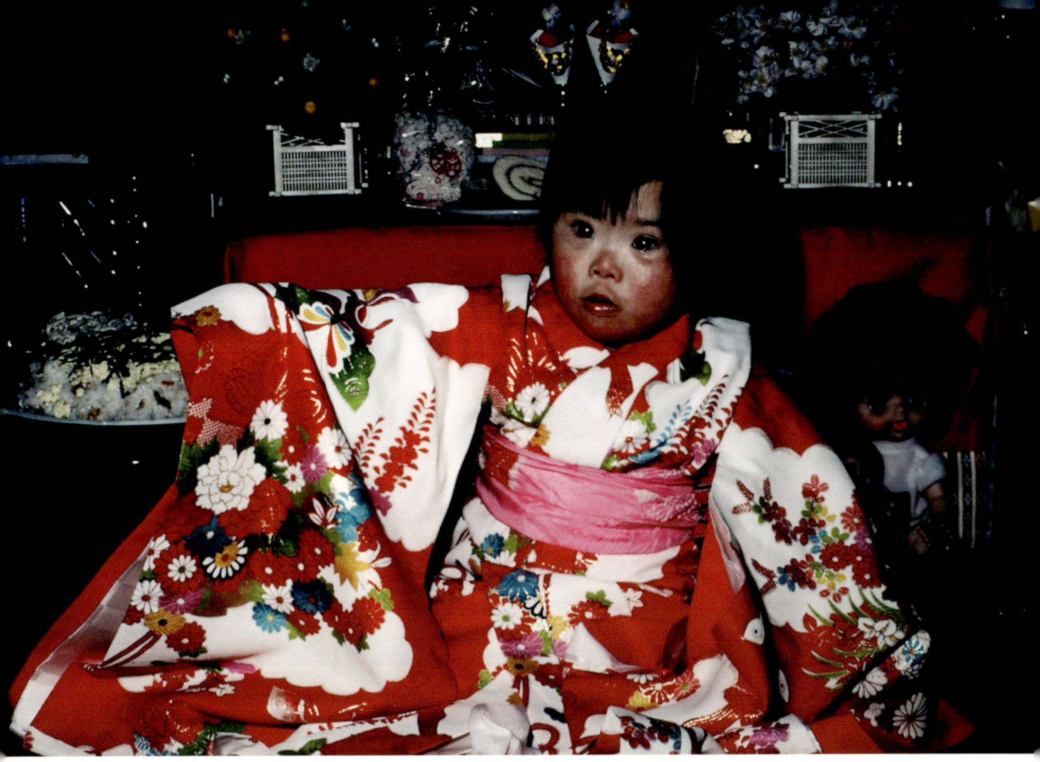

1983.3　2歳の雛祭りを祝う

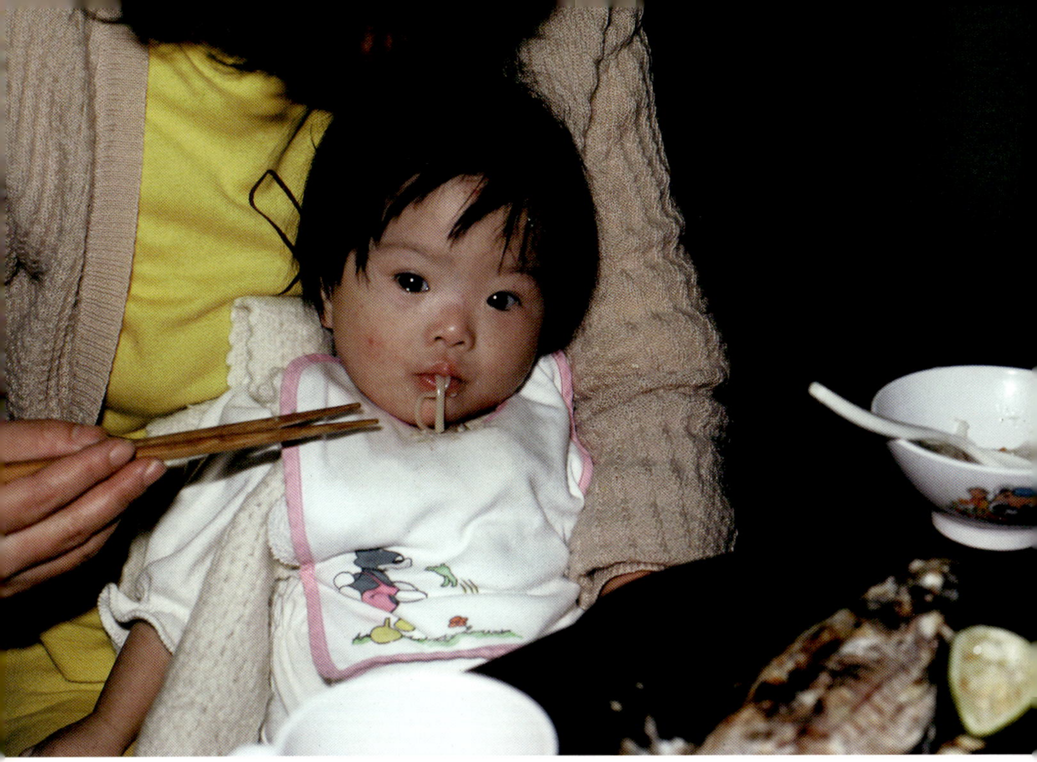

1983.3　おしゃれに目覚める

1983.2　暖かくして散歩

1983.4　千束池、満開の桜の下でお弁当

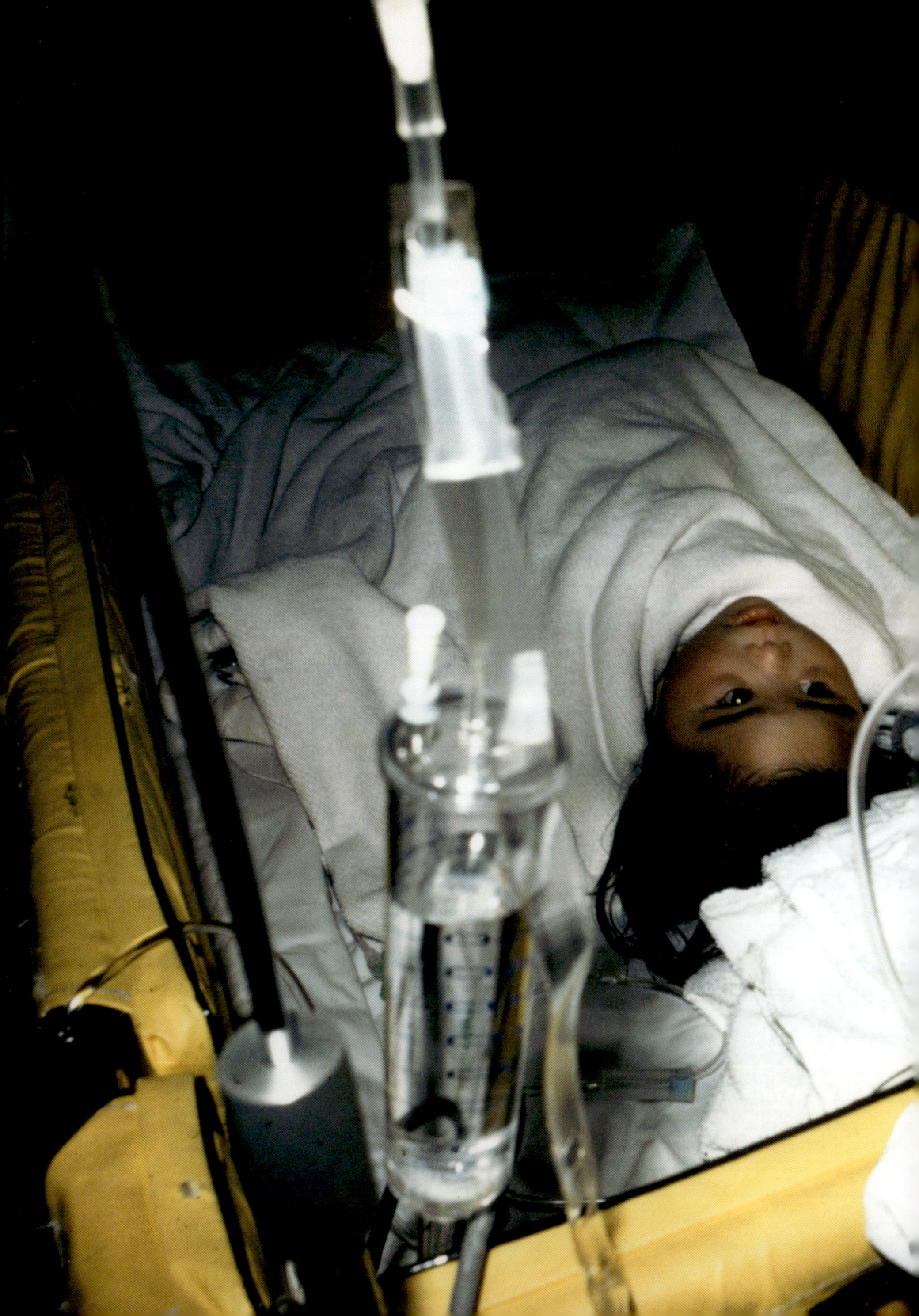

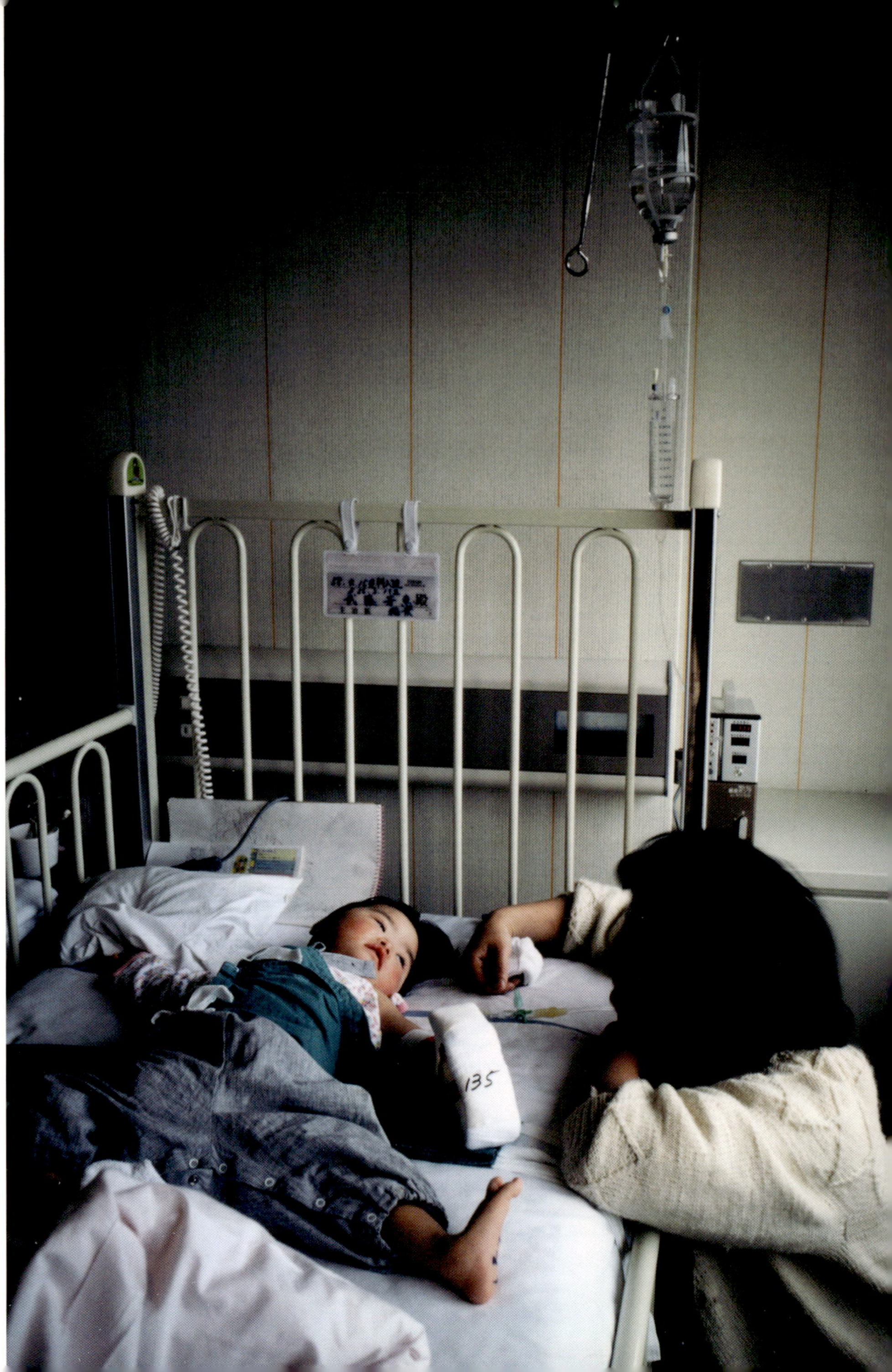
135

1983.4　カテーテルのため昭和大学病院に入院
1983.4　ICUから病室に戻る
1983.4　中華料理店で退院祝い。あわび美味し

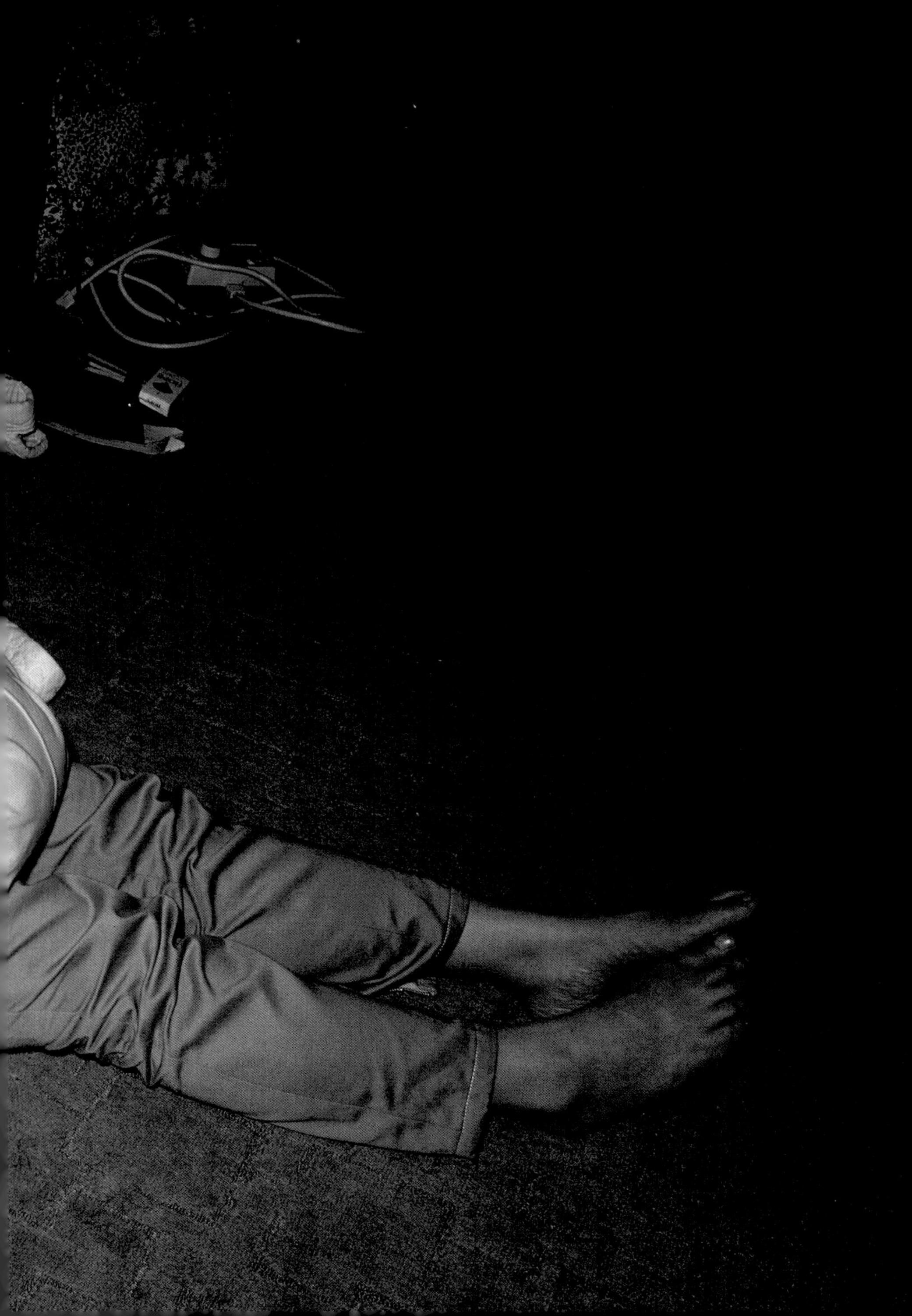

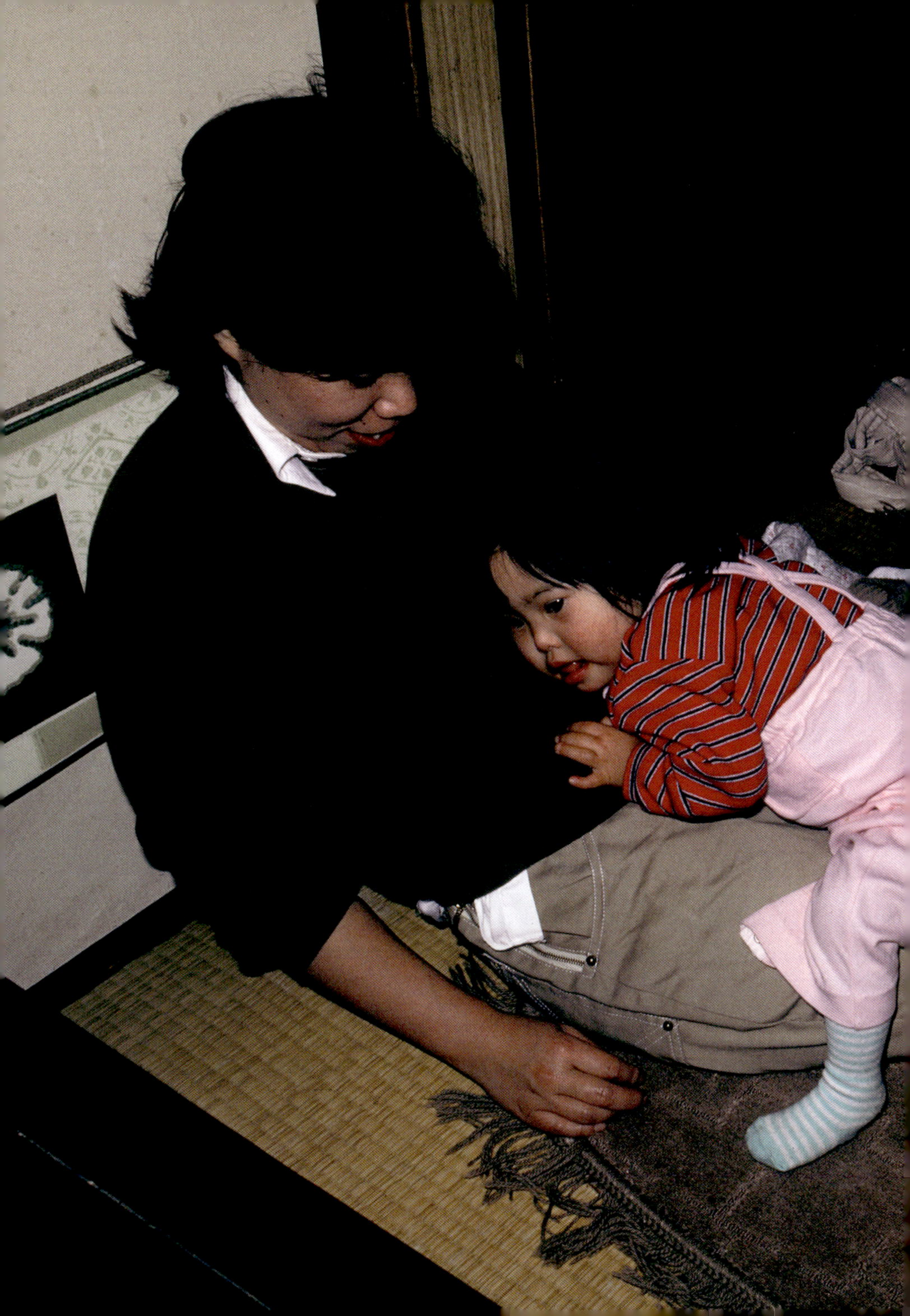

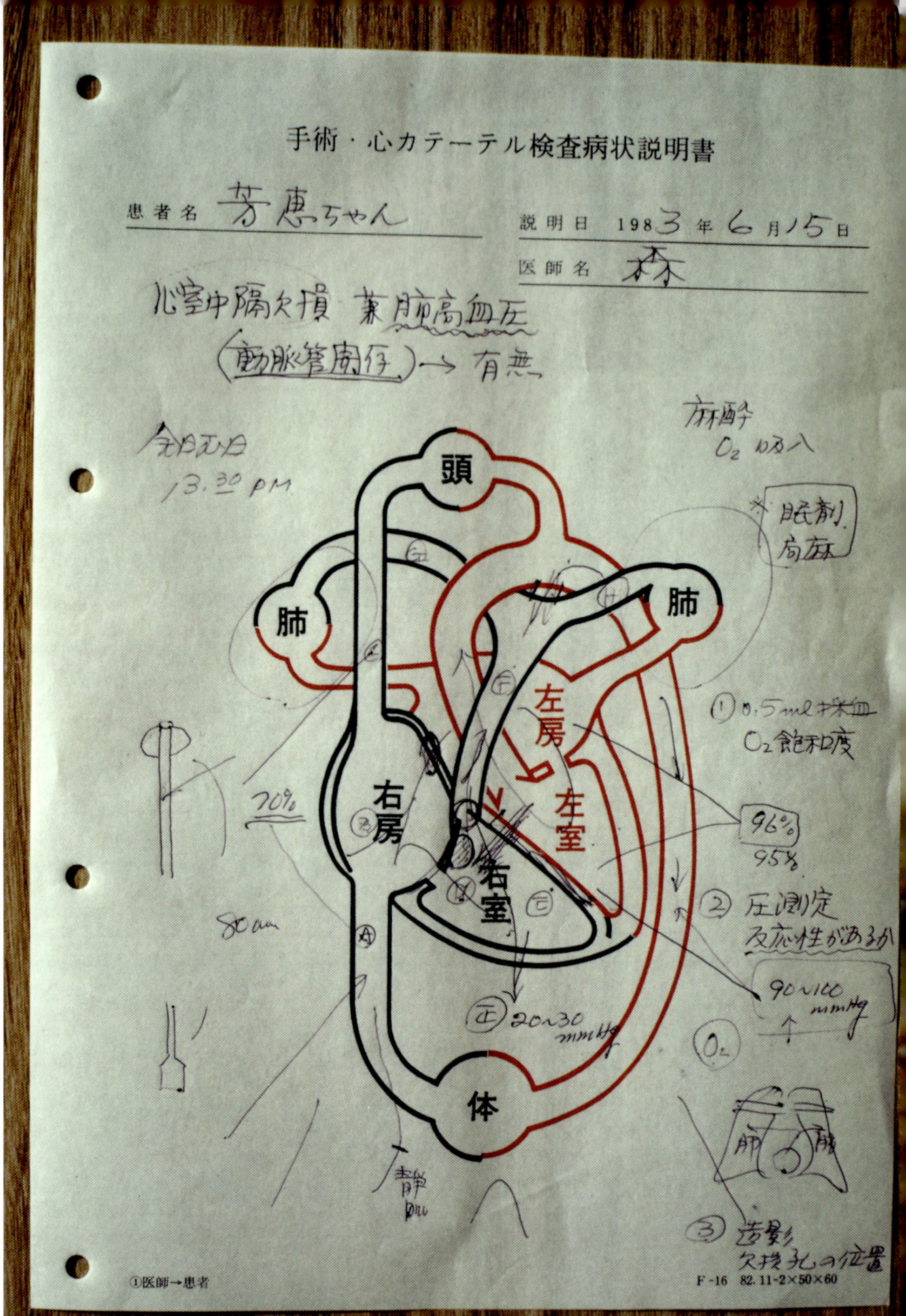

手術・心カテーテル検査病状説明書

患者名 芳恵ちゃん

説明日 1983年6月15日

医師名 森

心室中隔欠損 兼 肺高血圧
(動脈管開存)→有無

13:30 PM

麻酔
O2 吸入

眠剤
局麻

① 0.5ml 採血
O2飽和度
96%
95%

② 圧測定
反応性があるか
90~100 mmHg

20~30 mmHg

③ 造影
欠損孔の位置

①医師→患者

F-16 82.11-2×50×60

1983.6　榊原記念病院に移る。森先生の病状説明。検査入院決まる

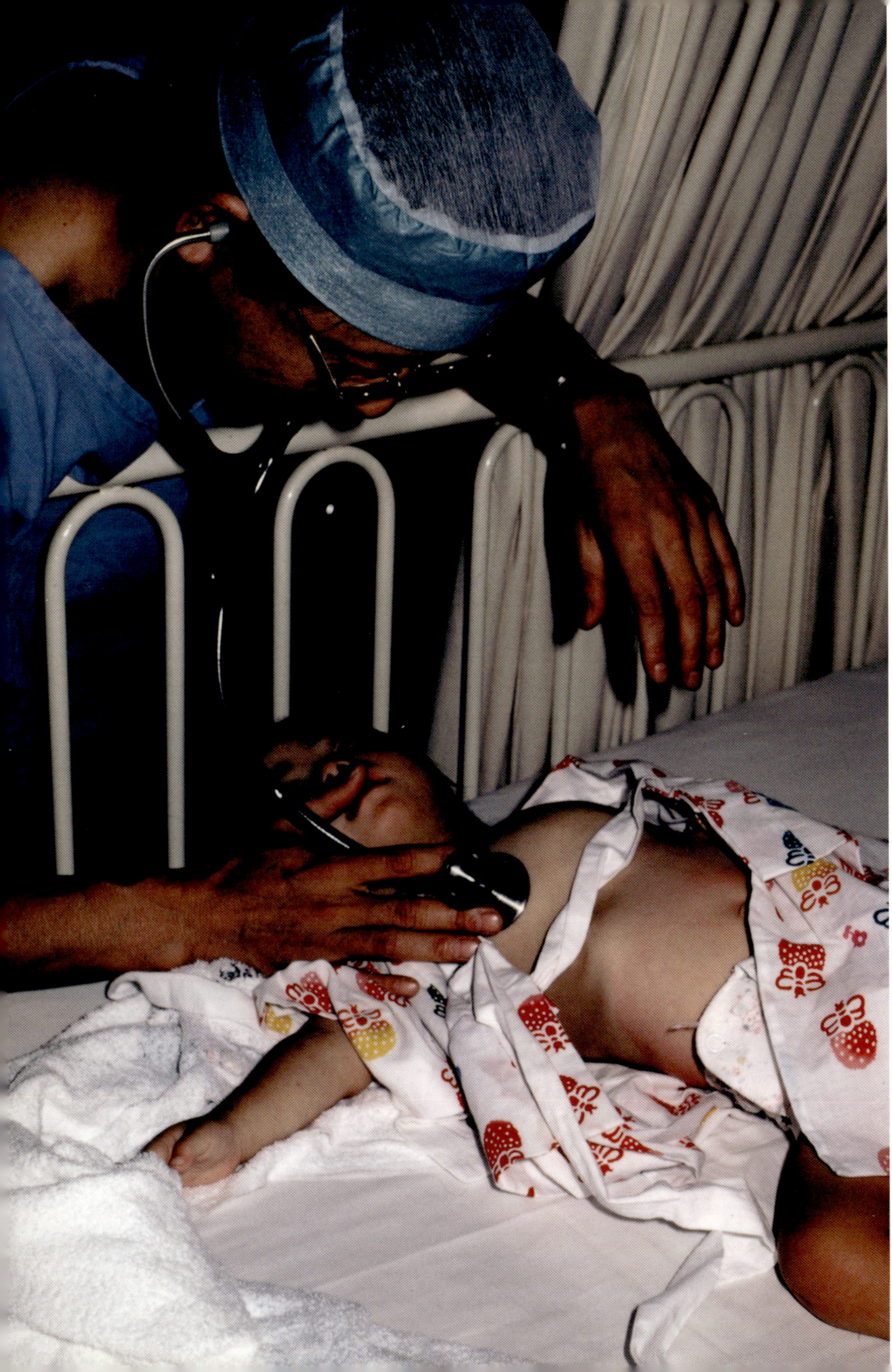

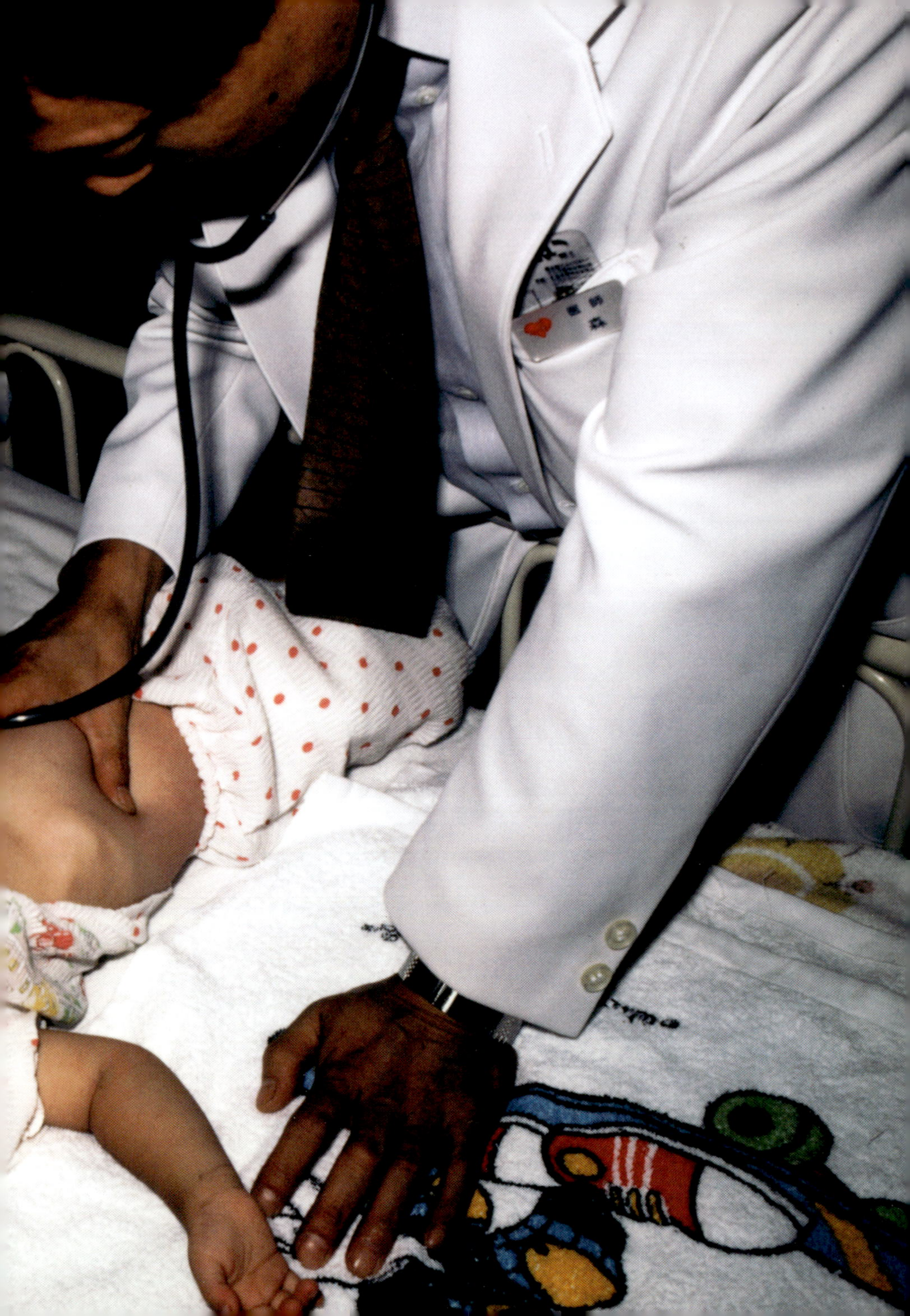

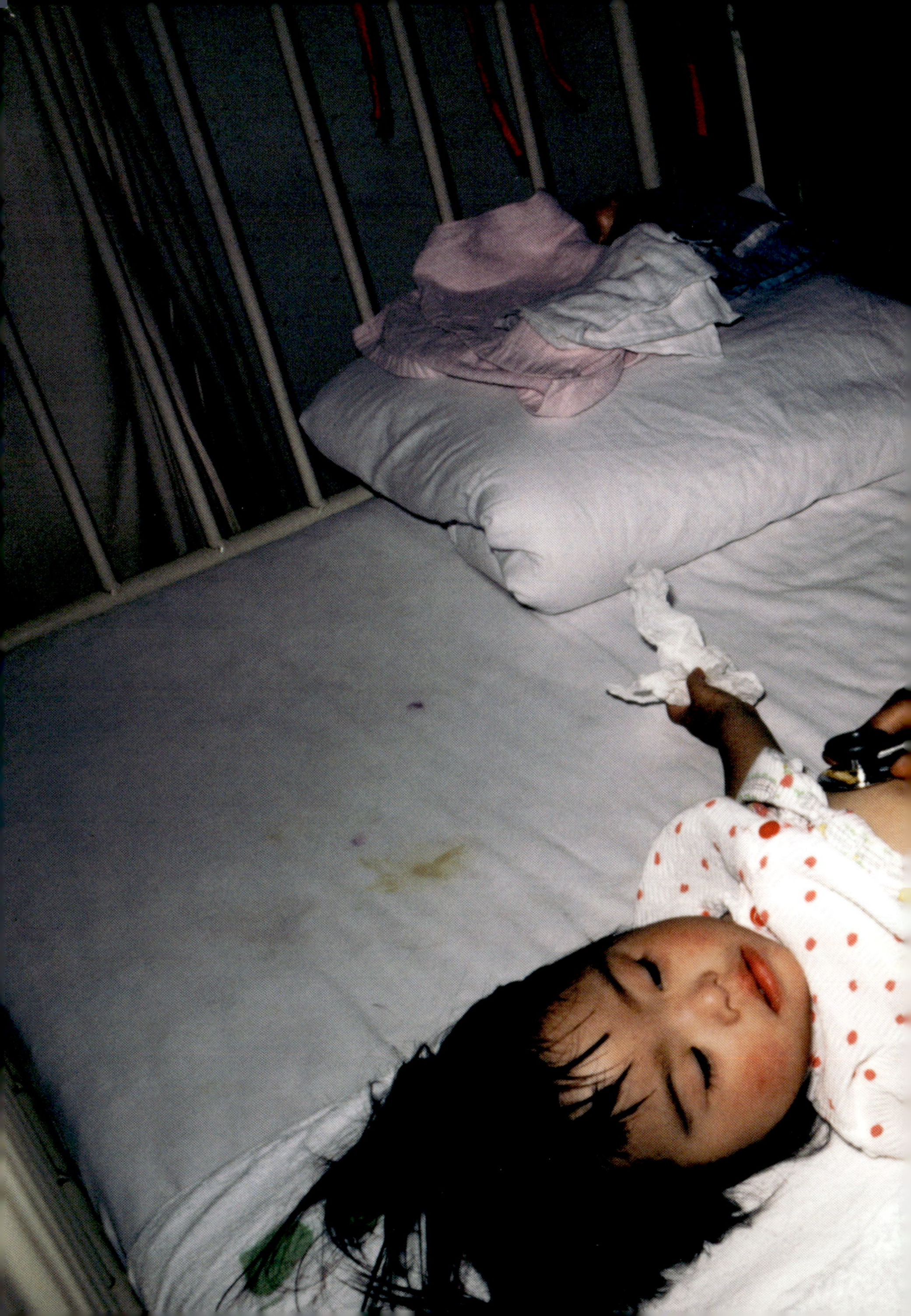

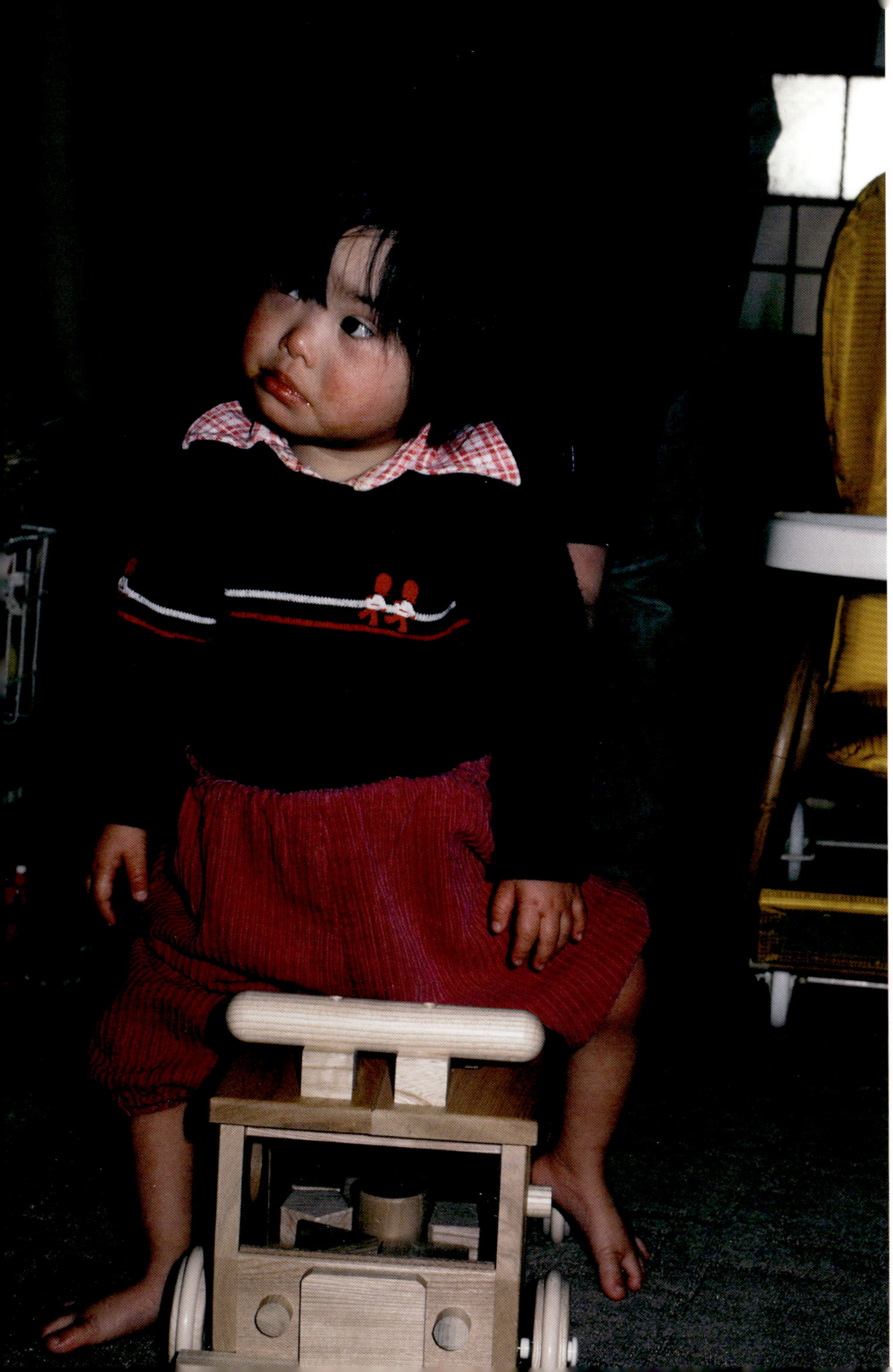

1983.8　近くの道路に作ったプールで遊ぶ。
初体験でおっかなびっくり
1983.10　商店街のくじで招待券が当たり、
しぶしぶディズニーランドへ。以後、大ファンとなる

1983.12　南青山の都営アパートに当たり引越し。大晦日の夜に

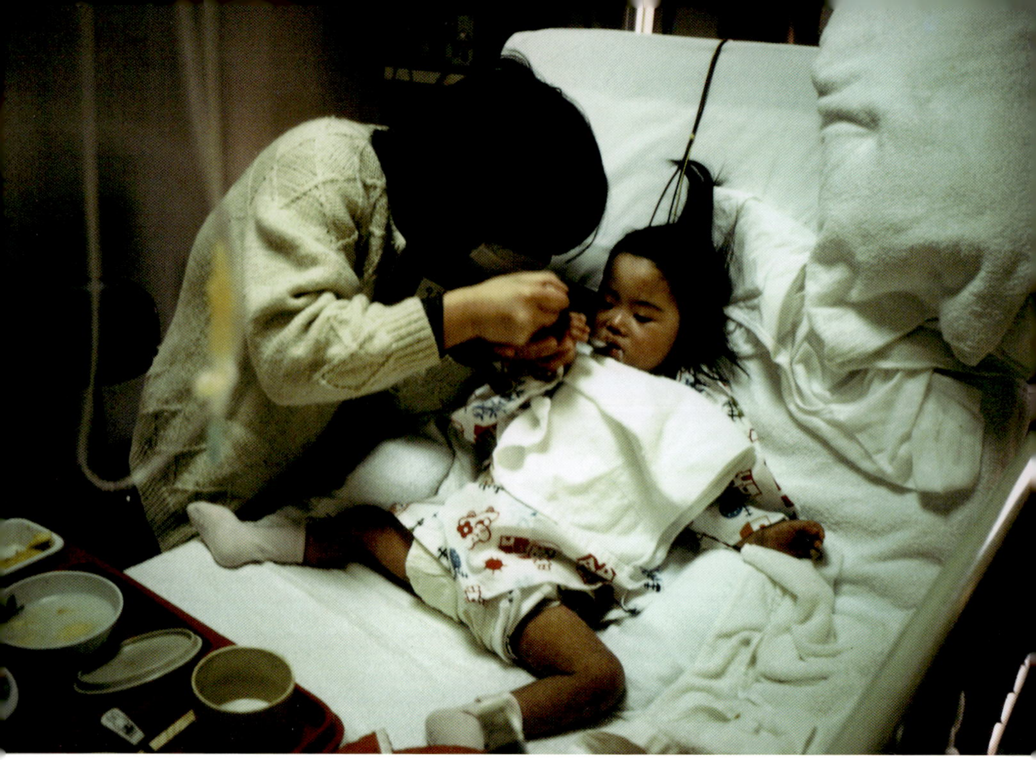

1984.2　3歳になるのを待って、心室中隔欠損症の手術。
術後尿に出血を見、4日後再び胸を開く。ようやく病室に戻って

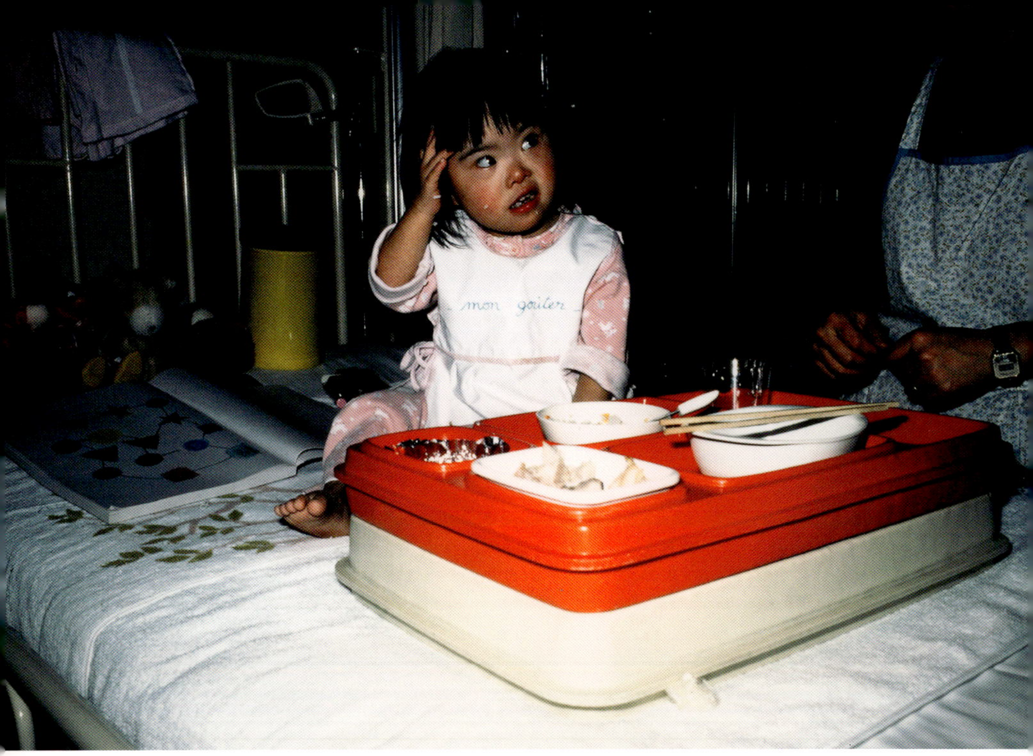

1984.2　術後2週間。
元気を得て、「心配かけてごめんね」と言っているかどうか

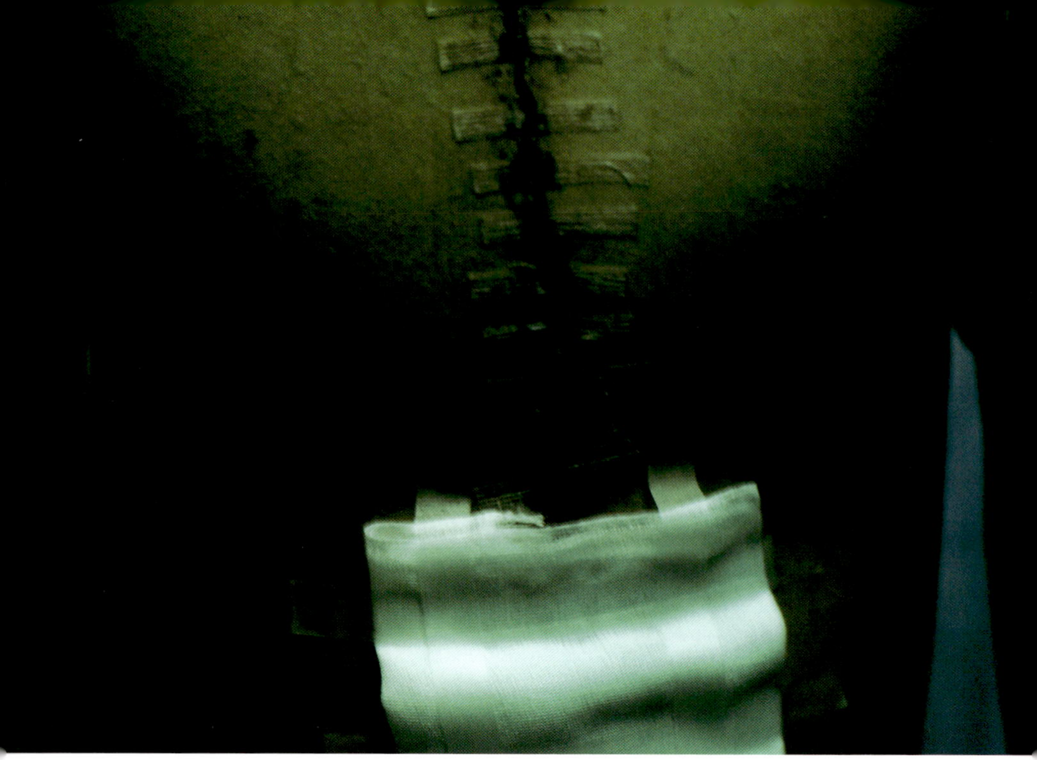

1984.4　恐る恐る覗いた傷痕

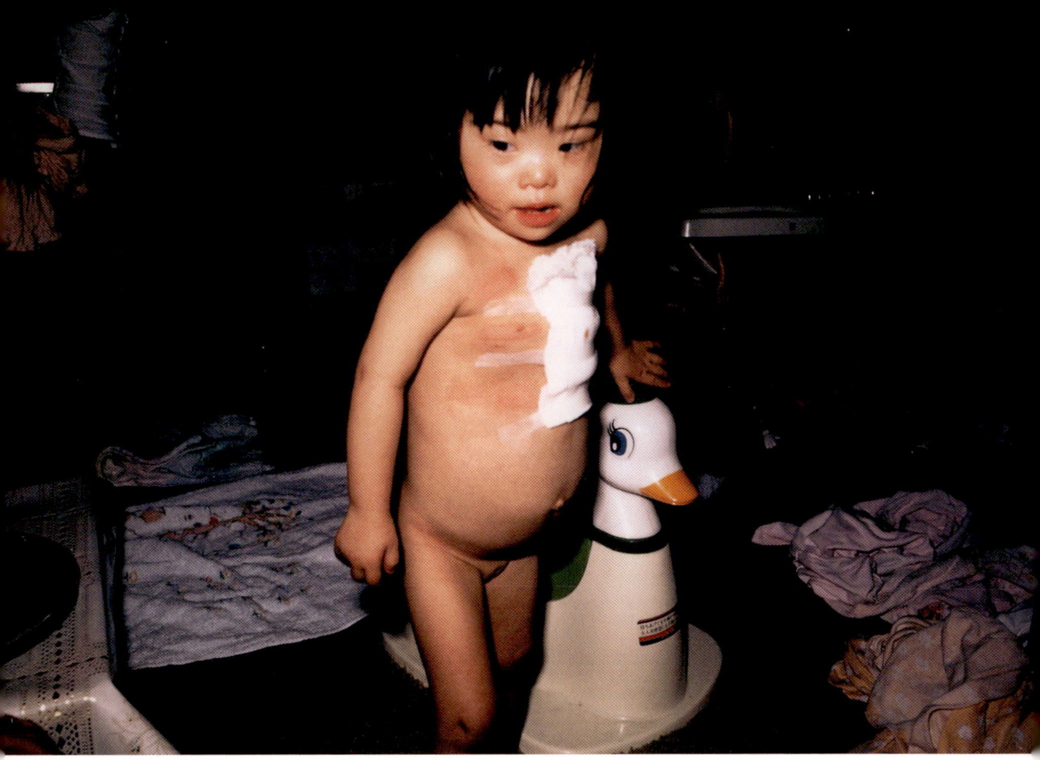

1984.4　退院の日、家に戻り、お風呂の前に

1984.6　元気になってテニスの真似事

1984.7　浅草にて。満ち足りた1日。少し疲れた

入学おめでとう

1988.4　小学校入学式の朝に

1990.4　9歳。春の新宿御苑。しだれ桜の下で
1990.7　大阪から来たいとこたちと自家製寿司パーティ。「まぐろ早く食べたいな」

1992.7　11歳。ディズニーランド。お弁当タイムに
1993.3　小学校卒業の日に。よったん得意顔

1994.6　13歳。いざ、ディズニーランドへ

Tokyo Disneyland

1994.8　13歳。夏休みに御宿へ。朝の散歩
1994.12　学校でスキー行きが決まり、大騒ぎ

snow art

1995.6　14歳。毎年通うディズニーランド

1996.4　15歳。大動脈弁閉鎖症のため日赤病院に入院。
手術前の外出許可の日。青山墓地の桜見物

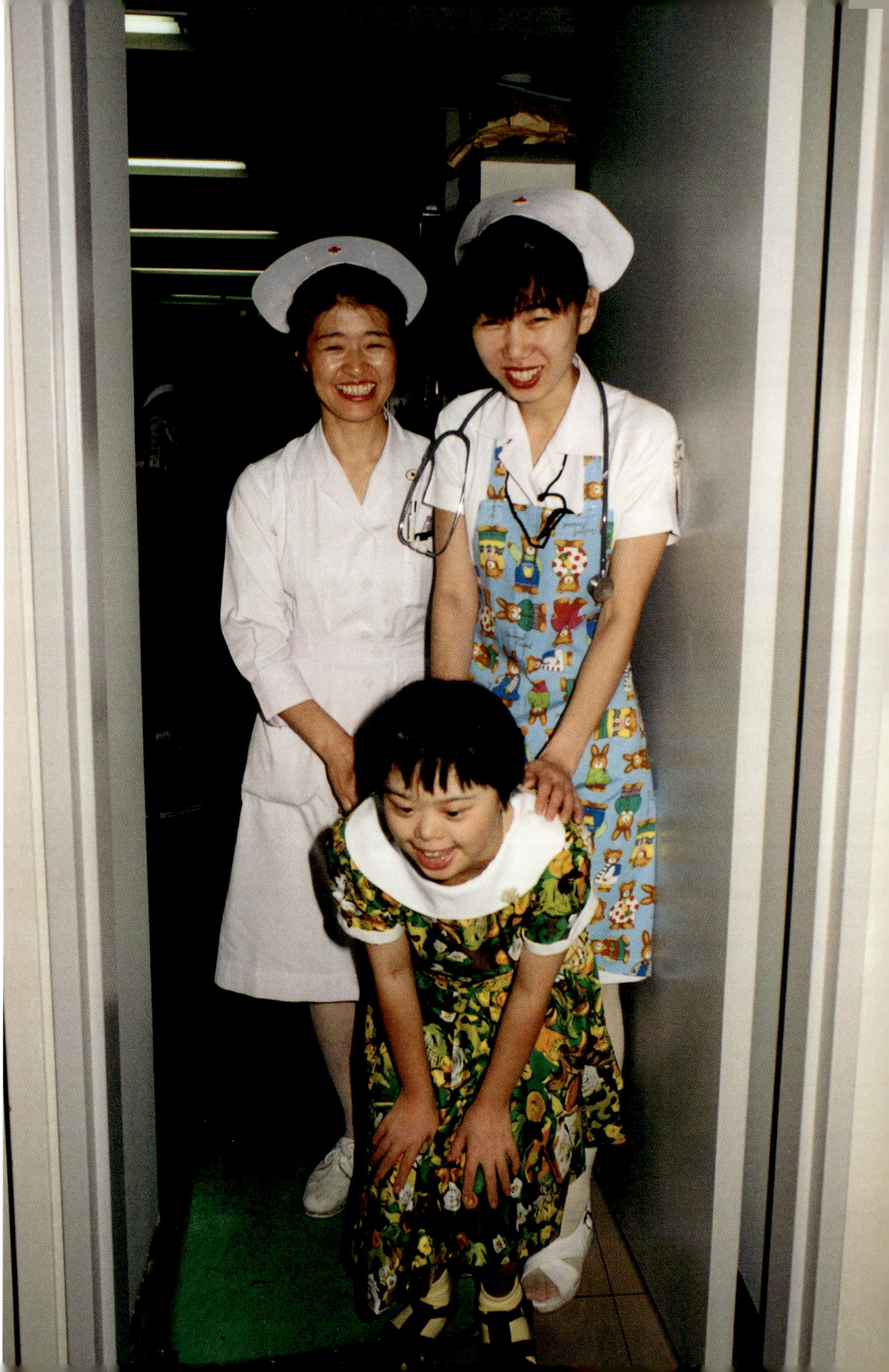

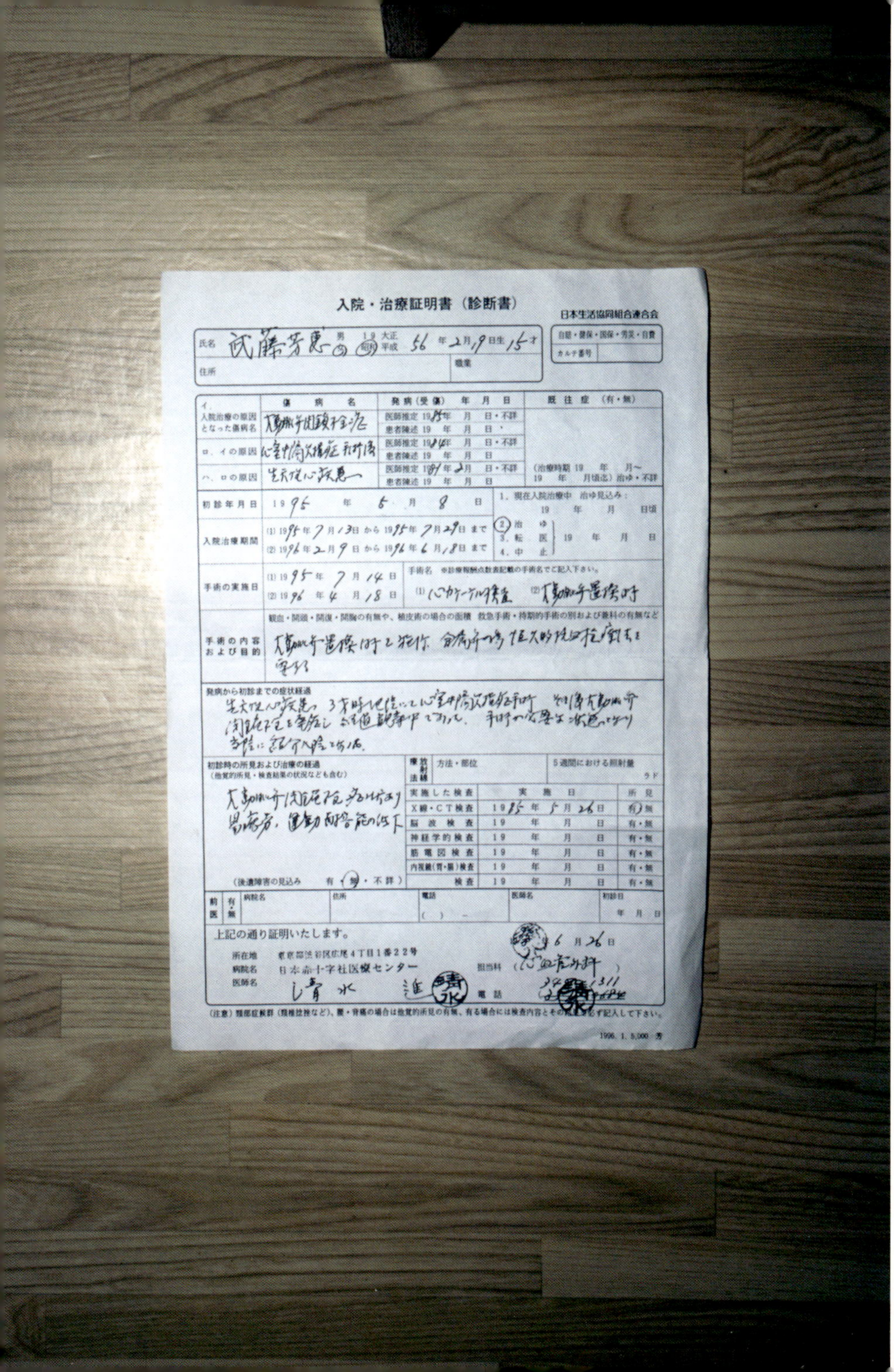

入院・治療証明書（診断書）

日本生活協同組合連合会

氏名　武藤芳恵　男・女　19 大正・昭和・平成 56年2月19日生 15才

住所　　職業

自営・健保・国保・労災・自費　　カルテ番号

	傷病名	発病（受傷）年月日	既往症（有・無）
イ．入院治療の原因となった傷病名	大動脈弁閉鎖不全症	医師推定 1985年 月 日・不詳 / 患者陳述 19 年 月 日	
ロ、イの原因	心室中隔欠損症 手術後	医師推定 1984年 月 日・不詳 / 患者陳述 19 年 月 日	
ハ、ロの原因	先天性心疾患	医師推定 1981年2月 日・不詳 / 患者陳述 19 年 月 日	（治療時期 19 年 月～ 19 年 月頃迄）治ゆ・不詳

初診年月日　1995年 6月 8日

入院治療期間　(1) 1995年7月13日から1995年7月29日まで　(2) 1996年2月9日から1996年6月18日まで

1．現在入院治療中　治ゆ見込み：19 年 月 日頃
②治ゆ　3．転医　4．中止　19 年 月 日

手術の実施日　(1) 1995年 7月 14日　(2) 1996年 4月 18日

手術名　※診療報酬点数表記載の手術名でご記入下さい。
(1) 心カテーテル検査　(2) 大動脈弁置換術

手術の内容および目的（観血・開頭・開腹・開胸の有無や、植皮術の場合の面積 救急手術・待期的手術の別および麻酔の有無など）
大動脈弁置換術を施行 合併症なし 恒久的抗凝固療法を要する

発病から初診までの症状経過
先天性心疾患。3才時他院にて心室中隔欠損症手術 その後大動脈弁閉鎖不全を発症し 経過観察中であった。手術が必要な状態となり当院に紹介入院となった。

初診時の所見および治療の経過（他覚的所見・検査結果の状況なども含む）
大動脈弁閉鎖不全症 息切れ等あり 易疲労、運動耐容能の低下

（後遺障害の見込み　有・㊀無・不詳）

放射線療法　方法・部位　　5週間における照射量　ラド

実施した検査	実施日	所見
X線・CT検査	1995年5月26日	㊒・無
脳波検査	19 年 月 日	有・無
神経学的検査	19 年 月 日	有・無
筋電図検査	19 年 月 日	有・無
内視鏡（胃・腸）検査	19 年 月 日	有・無
検査	19 年 月 日	有・無

前医	有・無	病院名	住所	電話	医師名	初診日
				（ ） －		年 月 日

上記の通り証明いたします。　[illegible]6月26日

所在地　東京都渋谷区広尾4丁目1番22号
病院名　日本赤十字社医療センター　担当科（心臓血管外科）
医師名　清水 進　電話 [illegible]1311

（注意）頸部症候群（頸椎捻挫など）、腰・背痛の場合は他覚的所見の有無、有る場合には検査内容とその[illegible]必ず記入して下さい。

1996. 1. 5,000 秀

1996.6　退院の日。ナースステーションにご挨拶
1997.4　16歳。高校入学式の日

入学式式場
京都立青鳥養護学校

00
白組
00
21
14

青い鳥のようにはばたけ

Häagen-Dazs

よったんのその後

二〇〇一年九月　友人とバーベキューを楽しむ。
　　　　　　　よったん、二十歳を待って飲みはじめたビールをすっかり好きになる。
二〇〇一年十月　友人ともつ煮込みを楽しむ。
二〇〇二年十月　二十一歳。秋の軽井沢。
二〇〇三年四月　二十二歳。新宿御苑にて花見の宴。
　　　　　　　愚知を言わないよったんが「だるい、だるい」と訴えるようになり、貧血状態が続く。
二〇〇三年六月　神宮外苑、森のビアガーデンにてバーベキュー。
二〇〇三年九月　ぱんぱんに浮腫んだ足。骨髄検査の結果、骨髄異形成症候群と診断される。
二〇〇三年九月　近くのイチョウ並木を散歩。車椅子でないと歩行困難。
二〇〇三年九月十二日　入院。三カ月から半年の命と聞く。
二〇〇三年九月二十日　病院内のレストランで、好物のパスタになんとかホークを動かす。
二〇〇三年九月　三人娘のお見舞。
二〇〇三年十月二日　やおら起き上り、日記書く。
二〇〇三年十月二日　ピース忘れず。
二〇〇三年十月五日　仲良しの綾ちゃんと。
二〇〇三年十月九日　一日の午後、急に容体を悪くし、頑張り屋のよったんも今度ばかりはお手上げ。
　　　　　　　ダメとわかったら実にあっさり幕を引く。入院二十七日目。

父・武藤 裕の撮影メモより

武藤 裕 インタビュー

——よったんが生まれた時、武藤さんご夫妻はお幾つでしたか。

「私が四十七歳で女房の優子が三十歳。結婚して一年目でした」

——ダウン症だとわかった時の心境をお聞きしたいのですが。

「はじめは本当にショックでした。女房は大阪の実家に帰って出産したんですが、電話をかけてきて、二人のどっちにも似ていない、ちょっと変な顔をした子が生まれたって言うんです。彼女はそれまでダウン症の人を見たことがなかったらしく、そういう障害があることを知りませんでした。生まれた赤ちゃんは、すぐに検査にまわされたそうです。それを聞いて私は、もしかして……とピンときました。急いで新幹線で大阪に向かいました」

——東京から大阪までの新幹線の中で、どんなことを考えましたか。

「実際に見てみなきゃわからないけど、まず間違いないだろうなと……凄い不幸が襲ってきたなって感じですよね。暗澹たる思いでした」

——病院に着いて、我が子と初めて対面した印象はどうでしたか。

「ひと目見て、そうだとわかりました。ダウン症という呼び方をするようになったのは最近のことで、以前は蒙古症と言われてました。私が子供の頃、近所にそういう子がいて、その子は症状が重かったので、他の子供たちと一緒に遊べませんでした。親も隠すように育てていました。そういう子を見て知っていたから、病院で見てすぐにわかったんです。でも、よったんの場合は、わりと軽かったですね。それほど顕著な症状じゃなかった」

――小さい頃の写真だと、あまりダウン症だとわからないですね。

「それは無意識に、そういう表情じゃない時にシャッターを押していたのかもしれません」

――親として、この子と一緒に生きるんだと、すぐに覚悟できましたか。

「いいえ。ほんとに……どうしよう、なんでこんなことに……私と女房のどっちが悪いんだろう、とか。二人とも日に日に暗くなっていって、将来なんて考えられないし、しょぼーんとしてました。どうしても納得できなくて……もう一家心中しようかって話も出ました。気持ちは晴れなかったです。ダウン症の本も読みあさりました。私が読んだ本の統計によれば、母親が三十歳でダウン症の子が生まれる確率が六百人に一人なんだそうです。六百人に一人でぶち当たっちゃったんじゃ、ツイてないんだねって言って……。でもある本に、障害児は、そういう子をきちんと育てられる親にしか神様が与えない。神様に見込まれたんだから覚悟して育てるべきだ、ということが書かれているのを読んで、だったらしょうがない、腹くくって育てようと、ようやく覚悟ができました。親が悩んでいるあいだにも、おっぱい飲んで、すくすく育ってるわけですよ。この子になんの責任もないし、自分でそんなふうに生まれてきたかったわけでもないし、何かのはずみでそうなったんだから、運命として受け止めて、大事に育てようって思えるようになりました。よったんが生まれてから二カ月後のことです」
――それまでの二カ月間は写真を撮っていないんですか。
「とてもそんな心境じゃなかったですね。よったんの足紋の写真は、あとから撮ったものです」
――その覚悟ができて、すぐに撮りはじめましたか。
「そうです。掌を返したように吹っ切れて、凄くかわいくなっちゃって、よしっ今日から写真撮ろう、と思ったんです」
――最初の一枚はセルフタイマーで撮った写真ですね。
「ちょうど大阪から女房の母が来たので一緒に撮りました。もう明るい顔していますね」
――この時はどこに住んでいましたか。
「品川区の旗の台。終戦直後に建ったような、凄い掘っ立て小屋に住んでいました。一応一軒家なんです。六畳が二間と四畳半、お風呂もありました。きっと借り手がなかったんでしょう。大家さんが〝きれいにしますからどうぞ入ってください〟って言ってくれて、それで住むことにしたんです。家賃は安かったです。近くに昭和大学病院があったから、よったんを診せにいきました」
――病院ではどういう診断でしたか。
「生まれた病院でまず、ダウン症だと言われました。あと、心臓にピンポン玉ぐらいの大きな穴が開いているから血が逆流して、長くは生きられない。二十歳まではとても無理、とも言われました。三歳ぐらいになって体力がついてくるまでは、心臓の穴を塞ぐ手術をすることもできないということでした。要するに、いつ何があっても仕方がないということ。へたしたら三歳になるまでに……ということもあったわけです」

——この本には一部しか載せていませんが、三歳ぐらいまでの写真がとても多いですね。

「だから、焦っていたんでしょう。榊原記念病院での手術は成功しましたが、尿に血液が混じっているのがわかって、四日後にまた開けたんです。その時ばかりはさすがに撮れなかったです。十五歳でやった日赤病院での手術の時もカメラは持っていっていたけれど撮ることはできなかった。いま思うと撮っておくべきだったかもしれませんが」

——武藤さんがそこまでして撮ろうとしたのは、なぜですか。

「女房と結婚する前から写真が好きで撮っていました。だから写真をやっている人間として記録に残すべきだ、という使命感のようなものがありました。それが半分。あとの半分は、やはり親だから、どんな子でもかわいいですよね。かわいいから撮らずにはいられないんですよ。私があんまりしつこく撮るもんだから女房から、〝もういい加減にして〟と嫌がられることもありました」

——家族の理解がないと撮れない写真です。

「記録として絶対に形にするから、撮影に協力してくれるよう女房に頼みました。よったんにも、彼女が小学校にあがった頃、お願いしました」

——よったんは、なんて言ってましたか。

「〝うん、じゃあいいよ。お父さん頑張ってね〟って言ってました。だから大きくなってからは、ただ撮られるのではなく、もっと積極的でした。いつでも撮ってくださいっていう感じです」

――ポジフィルムで撮ってますね。

「コダックのエクタクロームです。最後の方はネガで撮ってましたけど」

――日々撮り続けるためにはフィルム代や現像代がかかるし、時間も必要です。その頃、武藤さんはどんな仕事をなさってたんですか。

「いろんな仕事をやってきましたけど、妻と出会った頃はデパートで働いていました。十年近く勤めましたが、定休日の他にも、けっこう休みがとれました。給料もよかったので、女房を働かせずなんとかやってこれたんです。よったんの障害手当金が支給されてましたし、都営アパートに当たったり、よったんが中学にあがる頃には私は六十歳ですから年金が入るようになりまして、そういう恩恵にあずかったおかげで、お金に関しては楽じゃないけど、苦しくもなかったですね。だからいつも、よったんが楽しく暮らせることを第一に考えていました。行きたいところへはどこでも連れてってあげたかったし、食べたいものはなんでも食べさせてあげたかった」

――よったんは、どんなものが好きでしたか。

「何か買ってとか、どこ連れてってとか、そういうことをあまり言わない子でしたね。行きたがるのはディズニーランドぐらい。よったんの好きなものは、お絵かき、ディズニー、バーベキュー。私が好きなのは、ステーキ、ライカ、握り寿司。女房はオムレツ、スイカ……握り寿司」

――握り寿司は夫婦で重なるんですね（笑）。

「重なります。あと女房は卵が好きなんです。夏はスイカばっかり買ってくる。よったんは、何食べたいって聞くと、だいたいバーベキューって答えました」

――よったんの肉好きは武藤さん譲りなんですね。

「新宿の長春館という焼肉屋さんによく行ってたんです。うちで七輪出して焼く時もありました」

――他に父と娘が似ているところはありましたか。

「私とよったんは目立ちたがり屋なところがそっくりだと女房が言いますけど、よったんは私以上です。うちはわりと人が集まる家でしたが、お客さんが来ると、よったんがいろいろ仕切ってました。みんなの前で歌をうたったり。人が集まるのが大好きな子でした」

――高校の運動会の写真を見ると、よったんは一着でゴールしていますね。体育は得意だったんですか。

「あの時はね、一緒に走ったのが足の不自由な子たちでしたから」

――勉強はどうでしたか。

「数学は苦手でした。国語は漢字も読めるし、自分で文章も書くし、まあ字は上手ではなかったけど。同じダウン症でも個人差はかなりあるようです」

――よったん自身は、普通の子とちょっと違うっていうことが、わかっていましたか。

「それはあまりわかってなかったかもしれません。だから困るんです。〝あたし二十歳になったから免許取らせてよ〟なんて言って（笑）」

――武藤さんは、よったんをよく叱りましたか。

「叱らなきゃいけない時は叱ったと思いますけど、あんまり記憶にないですね。とにかく本当に親を困らせない子でした」

――よったんの前で夫婦喧嘩はしましたか。

「しましたよぉ！　私も気が短い方ですから、喧嘩すると必ず〝晩飯はいらないよ〟とか言って自分の部屋に入っちゃうんです。すると、よったんがノックして〝お父さん、機嫌直してよね。お母さん許してあげて。ご飯食べよう。ビールもあるから〟って言うんです。でも……いまはもう喧嘩しても止める人がいないんですよね」

――最期は骨髄の病気で。

「入院から二十七日目でした。一旦、処置室から病室に戻されたんですよ。そこには同じ病気の子がいたんだけど、よったんはその子に〝戻ったよ！〟って声をかけて、その直後に容態が急変して……心臓マッサージをするかどうか聞かれたけど〝もう結構です〟と言いました」

――よったんとの生活があって、武藤さんご自身、何か変わりましたか。

「そりゃあ、やっぱり忍耐強くなったと思いますよ。女房に聞いたら、いまだって短気だって言うでしょうけど（笑）」

――二十二年間、よったんを撮られたわけですが、一番好きな写真はどれですか。

「一番はじめに、みんなで撮った写真ですね。家族愛みたいなものが写ってるかなと思います。ほんとにこの一枚がスタートですから。夕方お風呂に入って、でね、後ろに食事の用意してあるのが、ちらっと見えてるでしょ。すき焼きです。この日を境に、明るいよったんに励まされて、ハッピーな生活を送らせてもらいました。それなのに最初ダウン症だとわかったばかりの時は不幸だと思ったりして……その頃の自分が恥ずかしいですね。いつかまた、よったんに会いたいですよ」

ダウン症とは

染色体（全二十三組、一組二本で構成）の二十一組目の数が三本になることによって起こる疾患群。約一〇〇〇人に一人の割合で起こるといわれるが、高齢出産によってその頻度は増す。つり上がった目など顔立ちに特徴があり、知的発達に遅れが見られ、先天性心疾患などを抱える場合が少なくない。

よったんへ

武藤優子

「よったん、これなーんだ?」
「なになに?」
「へへへ」
「早く早く、見せて!」
「しょうがないなー、ほら、これだよ!」
「うわー! すごーい! よったんの写真集だー。かわいいー」
「あっ! よったんが大きく目を開けるから、目玉が落ちるよ! あーあ、落っこちちゃった」
「落ちるわけがないに、きまっとる」

なんて会話になるに違いないね。よったんはお母さんが投げかける言葉に素早く反応して、いつも一緒に笑ったり泣いたりしたね。よったんはお母さんの「パートナー」、「重要人物」だから、なくてはならない大切な人なんだよ。

よったんはお父さんとは「親子」、お母さんとは「双子」って言ってくれたよね。いつもお母さんの味方だと堅く信じていたのに……陰でこっそり、あちらとも密談してたんだってね。よったんは本当に賢いね。それに立派だったね。

いつだったかしら、急いでた時、信号が変わりそうなので、手を引いて走ろうとしたら、頑として動かなかったね。どうしてなのかとよく見たら、知り合いのお年寄りを待ってあげてたんだね。お母さんは、よったんからそんな風にいっぱい教えられました。

「よったん、お母さんはいま、福祉のパートのお仕事で、よったんのようなかわいいお友達に会うんだよ。一度ぜひ、よったんに紹介したいね」

「へー会いたいね！　お父さんは？」

「相変わらずグルメで、パスタのメニューも増えたし、いつも美味しいものを作ってくれているよ」

「いいなーお母さん」

「お母さんはパソコンも買って、メールもできるようになったよ」

「お母さん、すごーい」

「痛いなー！　叩かないでよ」

「ごめーん」

「写真集のあとがきを書かないといけなくてね……よったんはいい子だったけど、いたずらをしたり、部屋がいつも散らかっていたことも書いていいかな……と悩んでるのよね」

「えーっ、お母さんそんなこと書かないで」
「そうだよね、オーダーで仕立てたばかりのカーテンをジョキジョキ、なんて書かないよ」
「もう、いじわるー」

よったんを虹に喩えたら……こんな七色だね。白、黒、茶、赤、ピンク、オレンジ、バイオレット。
白……純粋。
黒……黒のとっくりセーターが似合うアーチストよったん。
赤……ないしょ。
ピンク……かわいい笑顔のよったん。
オレンジ……1＋1ができなくても、音痴でも、陽気なよったん。
バイオレット……おしゃれで、モデルウォークが得意。

お母さんは茶色のよったんが一番のお気に入り。テレビもだらだら見ないで、好きな番組が終わると、さっとテーブルについてせっせと何やら職人のようにお仕事。好きなディズニーキャラクターの衣装を作ったり、箱だったり、絵本だったり、スゴロクだったり……。カラーペン、紙、はさみ、のり、糸、両面テープを、家中から道具箱に集めていたね。そんな中、カーテン事件もあったよね。

「もうお母さん、内緒にしてって言ったのに！」
「でもね、初めてのオーダーカーテンだったのよ。いったい幾らしたと思うのよ」
「ごめーん」
「そうだね。最近のお母さんは、もうおばあちゃん気分で子どもたちと楽しくしているし、まあ許してあげるかな」
「よかったー」
「かわいい子どもたちの小さな手をさわったり、おしゃべりを聞いたりして、よったんもこんな感じだったな～なんて思い出しながら……お母さんとして、もっとああすればよかったのに、こうすればよかったのにって……ごめんね」
「そんなことないよー」
「でも、よったんにはいっぱい、ありがとうって言いたいね。だって世界で一番かわいい娘だものね」
「嬉しいな～」
「ねえねえ、よったんて、出たがりやさんだったよね。だから今回よったん、またまた登場！　になって本当によかったね」
「うん、嬉しーい！」
「いまの仕事をしていて、きっとよったんもいっぱいいろんな人にお世話になったんだなーって、つくづく思うから、二人でありがとうございましたと言いましょうね。本当にありがとうございました」
「皆さん、ありがとうございました」
「よったんを登場させてくださったリトルモアの皆さん、お父さん、ありがとうございました」
「そう、お父さんもいっぱいよったんの写真撮ってくれて、ありがとうございました」

よったん、今度こんな風におしゃべりできるのはいつかしらね。きっとすぐ来るよね。お母さんはその日を楽しみにして、明日も頑張るね！

世界で一番かわいいよったんへ、双子のお母さんより。

よったんとの生活記録を形にすると、お父さんはよったんと約束していました。何が何でも約束を果たすという、お父さんの意気込みをリトルモアの皆さんが買ってくださり、孫社長、浅原さん、増井さん、辻さんたちには多大の尽力をいただきました。そしてデザイナーの大橋さんは素敵な本に仕上げてくださいました。心から感謝しています。お父さんも肩の荷がおろせたと、大変喜んでいます。ありがとうございました。

Special Thanks
ダン・ワタハウス　ジェーン・ワタハウス　清水 進　森 克彦
上野重一　笹田晶子　森パメラ　小坂絵里子　長井千代里
お世話になりました。

武藤 裕(むとうゆたか)
1934年群馬県生まれ。さまざまな職を経て現在に至る。

よったん、明日元気になーれ
2009年3月24日　初版第1刷発行
著者: 武藤 裕
デザイン: 大橋 修(thumb M)
編集: 浅原裕久　辻 枝里
発行人: 孫家邦
発行所: 株式会社リトルモア
〒151-0051 東京都渋谷区千駄ヶ谷3-56-6
Tel: 03-3401-1042　Fax: 03-3401-1052
e-mail: info@littlemore.co.jp　URL: www.littlemore.co.jp
印刷・製本所: アベイズム株式会社

Printed in Japan
ISBN978-4-89815-265-2　C0072